火苗照亮宇宙:
暗生命传奇

王威廉 著

花城出版社
中国·广州

图书在版编目（CIP）数据

火苗照亮宇宙：暗生命传奇 / 王威廉著. -- 广州：花城出版社，2024.12（2025.8重印）. -- ISBN 978-7-5749-0440-8

Ⅰ．I247.5

中国国家版本馆CIP数据核字第20244EX493号

火苗照亮宇宙：暗生命传奇
HUOMIAO ZHAOLIANG YUZHOU：ANSHENGMING CHUANQI

王威廉/著

出 版 人	张 懿
责任编辑	杜小烨　梁宝星　王梦迪
责任校对	李道学
技术编辑	凌春梅
封面设计	刘　菁
封面插画	刘　菁
出版发行	花城出版社
经　　销	全国新华书店
印　　刷	广州市岭美文化科技有限公司
开　　本	880毫米×1230毫米　32开
印　　张	5.75　5插页
字　　数	100,000字
版　　次	2024年12月第1版　2025年8月第3次印刷
定　　价	46.00元

版权所有·侵权必究。如发现印装质量问题，请与出版社联系。
联系电话：020-37604658　37602954

献给仰望星空的少年

序：他们最终都会回来

阎晶明

幻想可以是没有边界的茫远，但它以文学的形式表达出来时，就分明又是一面现实的镜子。如果无边的幻想插上了科学的翅膀，那就构成了一个立体的、复杂的世界。既跟现实相联系，又具备了某种实现的途径，从而使幻想有了成为现实的可能。要写出这样的新的"宇宙"，作者就必须具有相应的科学素养以及文学转化能力。作家王威廉兼具物理学、人类学等跨学科专业背景，又有在科幻创作上发力的决心，可谓融合有据，值得期待。《火苗照亮宇宙：暗生命传奇》（下文简称"《暗生命》"）是他在科幻创作上的又一新收获。以科学为基础展开的充沛想象，以及蕴含其中的深沉的哲学思考，让他的作品独具品格。

在所有的科学幻想里，最让作家痴迷和神往的是对未知空间的探求欲。我们读过的那些科幻小说，大抵不出这样的题材。仅举凡尔纳的《海底两万里》《地心游记》《八十天环游地球》等早期科幻，小说名都离不开空间概念。我现在还记得，这位科幻作家的一本《神秘岛》，曾经那样令少儿时的我痴迷。随着科学技术的发展，科幻作家的空间领域也一样在同步拓展。这种看似无边际的文学想象，其实与科学具有主动"对标""对表"的自觉。海底、环球毕竟都是地球上的事，对太空的向往，想象人类居于其中或在不同的星空之间穿梭往来，变成了科幻作家不断触碰的"宇宙"边缘。当然，必须要强调的是，科幻是有其内在要求的，那就是所有的想象都要有一点科学的根据，或者要符合科学探求的理想。也就是说，即使想象是未知空间与未来时间的两相结合，但失去现有科学思想或不以科学想象为依据的幻想，就不属于科学幻想。

这真是一件有意思的事情。我们举个例子吧。鲁迅的小说《奔月》里，嫦娥已经飞上了月宫，但她生命的苦根还在地球上，奔月不过是一种找不到现实出路的逃离而已。本质上这还是一篇"现实题材"小说。而且其奔月的行为也完全没有给出科学根据的诉求。中国古代神话、寓言里早就有了嫦娥奔月、夸父逐日、女娲补天，即使活在世上的孟姜女，也能哭倒坚固的长城。

科学和想象之间由此就构成了这样一种背反关系。一方面，有了科学，想象反而受到了限制。现代以来就不大可能再产生神话般的想象作品了。鲁迅就曾说过这样的话，科学固然使人进步，但也破坏了我们的想象。另一方面，科学又为想象插上了坚实的翅膀，使得想象不但可以冲天而飞，而且因为科学的支撑变得可信。

正是在这样的意义上，我读王威廉的科幻小说《暗生命》，觉得非常有趣。我并不能完全掌握他在故事里穿插的那些科学知识，但很想看出，他是如何让人物故事从现实的空间飞升而起，又是如何不可避免地与现实、与人类正在面临和思考的哲学问题相关联，从而使飞升变成一种"回归"。

《暗生命》描写了人类在月球上的未来状态，属于中国的，仍然是那个古老的名字：广寒宫。三个月球少年接到了来自黑洞文明的信息，从而开始了他们的科学探索。小说按照地球、月球、太阳系、银河系、宇宙这样的序列来布局空间。根本上说，思考的是文明彻底摆脱了物质与身体之后的悖论。物质、非物质、生命、暗生命，人类对过往一切的眷恋，包括对亲情、友情、爱情的眷恋，与他们未来的生存状态形成一种悬置的、玄妙的复杂关系。小说里那些改变人类生存甚至生命的因素，包括了时下最被热议的人工智能等等，事实上也是在探讨科学与人的存在之间的复杂关系。从根本上说，仍然是"人的文学"，仍然在证明，无论怎样茫远缥缈，究其根本，总免不了"文学是人学"

这个铁律。

无论是从地球飞升到月球，还是如《暗生命》描写的那样从月球飞升到更远的黑洞，他们最终都会回来，并且在回归之后思考那些诗意而又沉重、切近而又遥远的哲学命题。这些命题又都是从我们的古人开始就在思考着的。这就是文学的使命，所有的回望和遥想，都是一种现实。

是为序。

作者系著名评论家、中国作家协会副主席

2024年12月17日　北京

目 录 CONTENTS

1 一起看太阳 / 7
2 月球实践课 / 13
3 科幻般的发现 / 21
4 大危机 / 28
5 探测神秘物质 / 35
6 遥远的警告 / 41
7 来自人马座 A / 49
8 生命的观察场 / 57
9 茫茫十年 / 66
10 我们的研究结晶 / 75
11 伟大的重启 / 89
12 新生命 / 103
13 遗漏的重要方面 / 114
14 迷失的外来者 / 121
15 多元孪生的宇宙 / 130
16 最沉重的邀请函 / 141
17 撕心裂肺的告别 / 150
18 成为他们 / 159
19 换了人间 / 164
20 手中的太阳 / 173
后记：在宇宙的极限中找到一条新的生命之路 / 177

火苗照亮宇宙：暗生命传奇

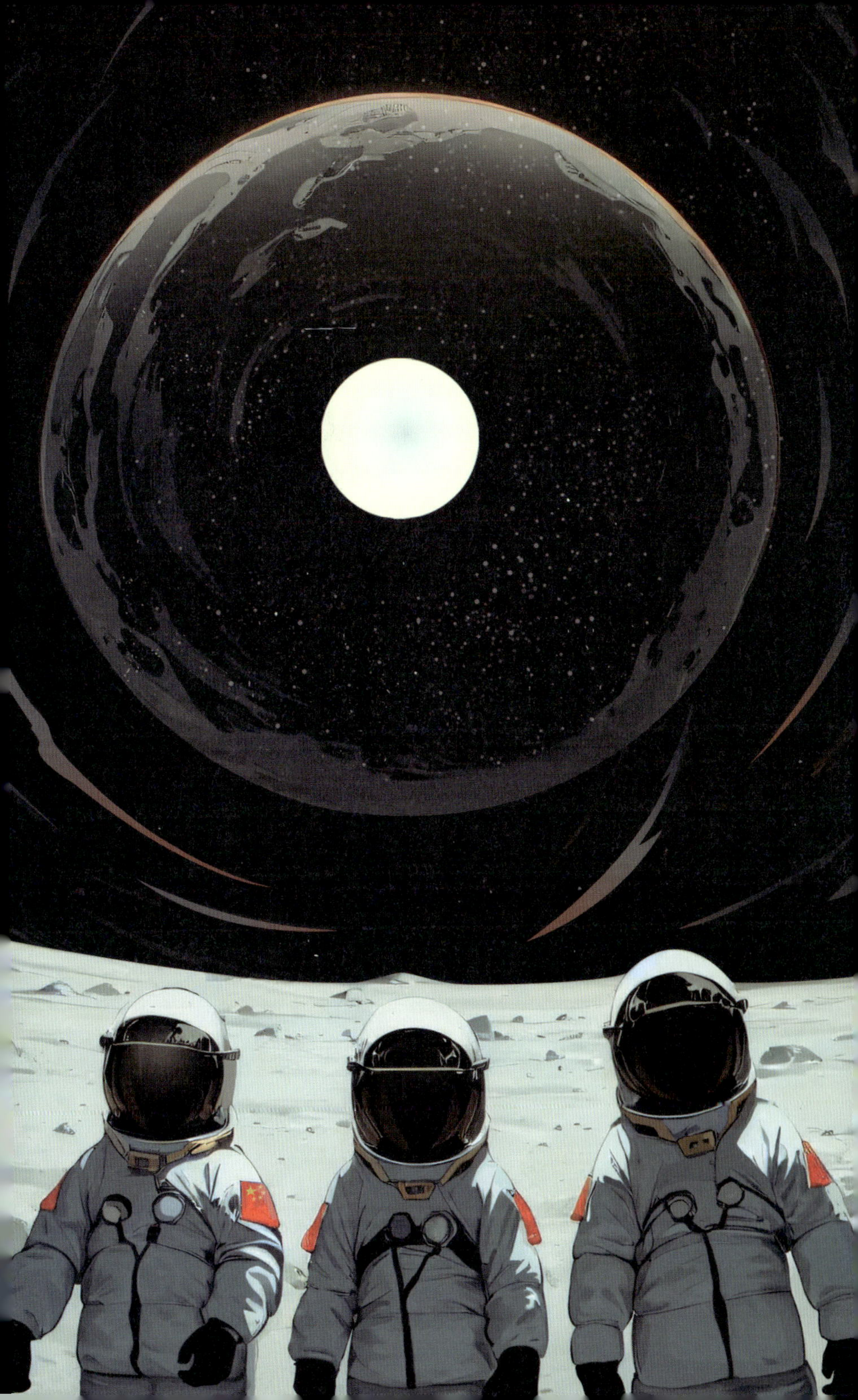

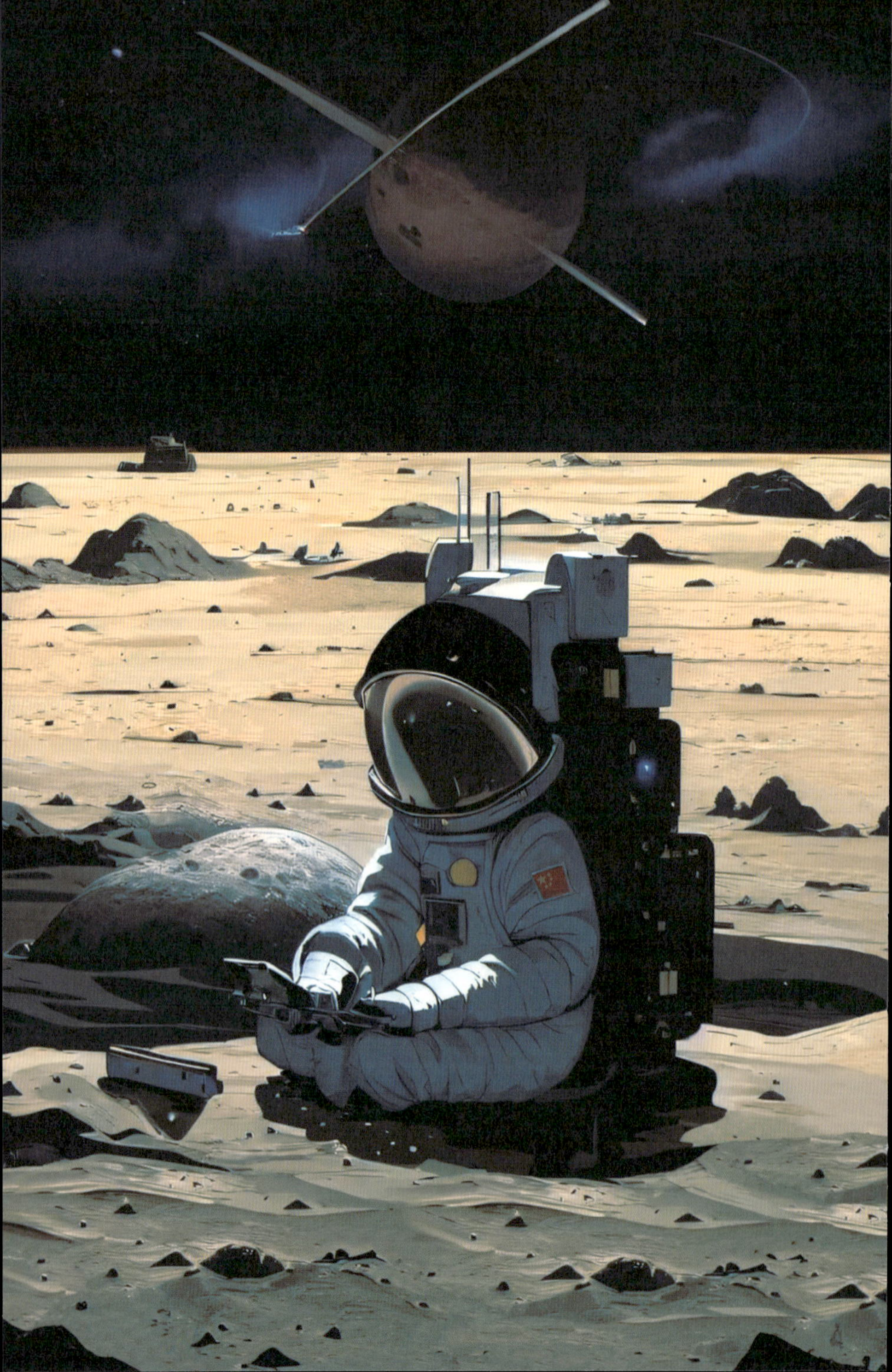

在人类文明的巨大转型时期，我们恐怕需要一种宇宙级别的大尺度参照系，才能看清生命的重要性与可能性。

1　一起看太阳

我喜欢火苗。

但是,在月球的广寒宫基地,除了远处燃烧的太阳,这里禁止任何形式的明火——那太危险了。我出生在月球,也许是人类第一个出生在月球上的孩子。每当我跟随爸妈到地球的时候,我常常点燃火柴或者打火机,盯着小小的火苗,目光随之跳动。

我从不渴望点燃什么,比如点燃一堆巨大的篝火……不,我只是喜欢火苗带来的那种温暖之光,那让我觉得安心。

现在,我在月球基地里边的主要娱乐便是读书,我最喜欢反复读两本书:阿瑟·克拉克的《2001:太空漫游》和卡尔维诺的《宇宙奇趣》。

这可是两本很古老的书了，是我爸爸乔华建从地球上专门买来送给我的生日礼物。《太空漫游》是科幻小说，《宇宙奇趣》是现代主义小说，风格截然不同，但我特别喜欢它们，尤其是它们关于月亮的部分。我反复阅读那些章节，在心里默默提醒自己，千万不要因为自己待在月球上了就丢失那些对月球的想象。

比方说，卡尔维诺在《宇宙奇趣》里面，写出了一种去往月球的特殊理由：你们问我们去月亮上要干什么呢？我们是去取奶的，用的是一把大勺和一个大木桶，月乳是很浓的，像一种凝乳。我特别喜欢这个理由。我每次到地球上度假，都不想回月球，地球上多热闹啊，月球上太寂寞了。可是，我知道，爸爸和妈妈在月球上有着非常重要的工作，他们牵起我的手，把我领进宇宙飞船，我无法拒绝。在飞往月球的途中，我有些害怕，我告诉自己我是去喝月乳的，这样一想，我就不害怕了。正是因为月乳并不存在，这种安慰反而特别有效，它让我心中依然有一个童话的月球。

曾经，我也很痴迷电子游戏，特别是那些设定在月球上的游戏，它们营造了非常真实的月球场景。然而，当我真正来到月球后，我对那些游戏彻底失去了兴趣。有时，我甚至觉得自己就像游戏中的一个角色，被看不见的玩家操纵着。相比之下，读书让我觉得更加踏实，能让我回归一种稳定、真实的状态。

我的爸爸妈妈是基地里的科学家，每天忙得不可开交，陪伴我的时间很少。真正陪伴我的是我的两个同龄人朋友——李维和孙怡。我和李维都是男孩子，同年出生，李维的生日是3月3日，我的生日是6月6日，他刚好大我三个月。他出生在地球上，三岁的时候才跟随父母来到月球上。我们无话不谈，就像亲兄弟一样。而孙怡是个女孩子，比我们小一岁，她也出生在月球上。孙怡扎两条小辫子，我们都把她当妹妹看，她却不领情。她不仅不愿意当我们的妹妹，还经常逞能，指着我们说："叫姐姐。"那架势很张扬，也很滑稽。

我们三人在这个不大基地里边天然组成了一个小型学校，也算是月球基地里社会实验的一部分。说难听点，我们是实验品；说好听点，那就不一般了：我们是月球少儿教育实践的先驱者。

这里没有公园，没有操场，也没有蓝天白云。因为月球没有大气层，所以天空永远是黑色的，星星不分白天和夜晚，总是挂在天上，仿佛时间在这儿停住了脚步。

每到黄昏，我们三人总会一起去基地的观景台看太阳。我们站在大大的玻璃窗前，戴上护目镜，安静地望着那颗孤独的恒星。

地球上的太阳在黄昏时会染上一层温暖的橙光，而在这里，太阳像是一盏被调到最亮的白炽灯，刺目又冰冷。可即使太阳如此用力燃烧，天空却依然是漆黑的，像是一块巨大的黑幕，孤零零地衬托着那颗不知疲倦的恒星。没有了日冕的光环，也没有了温暖的光晕，太阳显得遥远而冷漠，失去了任何温柔的成分。

虽然基地内部的温度总是舒适的，但我们心里都清楚，外面的月球气温是多么极端。白天，太阳把月球表面烤得滚烫，超过120摄氏度；夜晚，温度会迅速降到极其可怕的程度，零下183摄氏度，人在那里不用一秒钟就成了冰棍。归根结底，这都是因为月球没有大气层调节温度。月球就像是一块裸露在宇宙中的石头，因此它上边的一切都是极端的。

"真不一样，"李维低声说，"在地球上，太阳总是暖的，可在这里……它好像在提醒我们，它的力量有多可怕。"他转头看向我，"乔宇，你怕吗？"

我点了点头，回应道："怕的，这太阳没有任何诗意。在地球上，黄昏最有诗意，夕阳无限好嘛，而这里，太阳永远都是冰冷的白色，没有任何情感。我好怀念那小小的火苗，那火跟太阳的火好像不是一种东西。"

"你说到小火苗，你看，这里的太阳没有余晖，"孙怡跟着我的话说道，"它更没有晚霞，当它落到地平线后，会迅速消失。"

随着孙怡的话，刚好眼前的太阳落下去了，几乎是一瞬间，就消失得无影无踪，仿佛太阳对自己掌控的这个太阳系没有任何留恋。

于是我们又沉默了，继续静静站着，面对无尽的黑暗与硕大的星星，仿佛在面对宇宙的终极真理。

这可怕的景象无时无刻不在告诉我们：我们在浩瀚的宇宙中是多么渺小。

因此，在这样的环境中，我和李维、孙怡的童年早早褪去了天真。坦率说，我们比地球上的孩子要成熟得多，但这种成熟不是来自基因的升级，而是因为天天面对宇宙的冷酷和无情。

我们的学习方式也和地球上的孩子不同。基地里没有按部就班的课程，爸爸妈妈都忙于科研，根本没时间亲自教我们。我们得靠爸爸妈妈列出的书单和习题来自学。那些书目和问题像是挂在天空中的星星，等着我们去一颗颗辨认、解答。爸爸妈妈没有时间检查我们读没读、做没做，全靠我们自觉。

遇到难题时，我们依赖的是基地的中枢系统——人工智能总管极睿。极睿几乎什么都知道，不管我们问什么问题，它都能给出详细的解答。学习对我们来说，已经不再是循规蹈矩地按步骤学习，没有什么小学、中学、大学的区分，而是根据自己的兴趣去主动钻研，能钻研到哪一步算哪一步。

我们三人各有自己的兴趣。

我，迷恋宇宙，常常站在观景台上，凝视着星空，想着宇宙的起源和本质。这些问题常常在我脑海里打转，我想知道更多。

我希望有一天能像爱因斯坦一样，用一个公式描述出宇宙的终极奥秘。

我的好兄弟李维，他的兴趣在于生命的起源。他想知道生命是如何在这个浩瀚无垠的宇宙中诞生的，他相信生命与宇宙有某种深刻的联系。他常常与极睿讨论生物学的理论，试图找到生命与宇宙交织的线索。

至于孙怡，她对人类文明的兴衰与未来的发展最感兴趣。她经常借助极睿的帮助，模拟出不同文明的演化模型，想要从中找到文明发展的规律。她总是想着：人类未来的文明会走向何方？历史的重复和进步之间，又隐藏着怎样的奥秘？

这样的生活，让我们早早学会了独立思考，学会了在没有固定课程的环境下，自己去探寻前进的方向。

2　月球实践课

说爸爸妈妈完全不管我们也是夸张了,他们会不定期地组织"月球实践课",让我们走出基地的人工环境,去接触真实的月球。

这是我最期待的时光。

每次上实践课时,我都会穿上那件为我特制的宇航服。在这里,只有我们三个小孩的宇航服是特制的,它的外表微微闪烁着白色的光芒,胸前有一面小小的红色国旗。爸爸告诉我,这个宇航服拥有目前最先进的技术,它不仅能适应月球极端的温差变化,还有飞翔功能,可以在紧急状态下保证人类飞行10公里的距离。

每当我走出基地的那一瞬间，我都觉得自己变成了一个战无不胜的超人，全身充满了探索未知世界的勇气。可是，只要一走出基地，我的爸爸乔华建就会拉着我的手，不让我撒欢。虽然我有点烦他的谨慎，但我还是很听他的话，因为他是我心目中的英雄。

他曾参与了嫦娥六号探测器的大项目，那是人类第一次从月球背面取到月壤。要知道，月球和地球因为引力锁定，总是只有一面对着地球，所以我们在地球上就算用最先进的望远镜，也是看不到月球背面的。

人类自从那次从月球背面取到月壤之后，就发现了月球的更多秘密，启动了更多的探月工程。数年之后，就建立起了我所生活的这座广寒宫基地。它的名字取自中国古老的神话传说，嫦娥奔月的故事。我和李维有时会跟孙怡开玩笑，叫她小嫦娥，她会非常生气。

但我对奔月故事里的吴刚印象更深，他一直挥斧砍桂树，而那桂树立刻愈合，于是，他就一直这么砍下去。我总觉得吴刚太荒唐了，但又无端端觉得吴刚的这种行为并不陌生，好像在哪儿见过类似的人和事。直到有一天，我看到爸爸妈妈及那些没日没夜埋头科研的科学家，我才意识到，他们不就是吴刚嘛！

我把这个发现告诉了李维和孙怡，他们一开始还不理解，但很快，他们就想通了，看着自己的爸爸妈妈每天除了吃饭睡觉就是去实验室，那实验室不就跟神奇的桂树是一样的吗？

我还是继续说实践课。我清晰地记得我第一次走出基地的情形。刚一踩在柔软的月壤上，我就要跳，想试试一跳六米高的快感，爸爸拽住了我的手，我没能跳起来。爸爸示意我慢慢走。

"小宇，你知道吗？我们基地所在的南极-艾特肯盆地，就是当年嫦娥六号的着陆区，这是月球上最大、最古老、最深的盆地。"爸爸带着磁性的声音，在我的头盔里回荡。

我不无得意地说："我知道了，这是最基本的常识。"

爸爸又说："那你知道月球是怎么形成的吗？很久以前，一颗巨大的小行星撞击了地球，飞溅的碎片飘浮在太空中，最终聚集在一起，才形成了月球。"

我脑海中浮现出那场撞击的可怕画面，那些飘浮在宇宙中的碎片在漫长的时间中逐渐凝聚成今天的月球。

但我总觉得不可思议，我说："爸，这个理论虽然很通行，但也不能说百分百正确吧，就像宇宙大爆炸学说一样，虽然能说明一些观测数据，但并不能就此认为它就是真理。"

爸爸笑了，他没有生气，反而表扬我："很好，小宇，科学就来自质疑。没有这种质疑的勇气，就不要搞科学研究。"

"爸，我别的能力不敢说，但质疑的能力是毋庸置疑的，"我笑着说，"我天天质疑极睿，它这个无所不知的AI先生居然常常被我追问到绝境,对我说对不起,说它真的不知道。"想到极睿被逼到绝境时,声音也会变得惶恐起来,跟人一模一样,我不禁笑出了声。

"小宇,你真调皮。你接触了很多理论,但还需要实践,来,我们研究下月壤的特性。"爸爸说着蹲下来,捧起一把月球上的尘土,细细讲解,"你看,这些尘土特别干燥,没有一点水分,也没有任何有机物。它们是经过无数次微小的陨石撞击形成的,平均粒径只有100微米,就像地球上的水泥一样细小。"

"看上去似乎并没什么奇特的,就是灰尘。"我实话实说。

"地球的土壤中充满了生命,里面有微生物、有机质,经过数百万年的风化和分解形成,是生命与自然共同雕刻的结果,而这月球上的土壤,里边没有任何生命。"爸爸的语气听起来有些伤感。

爸爸松开了我的手,让我去抓月尘。我摩挲着粉末状的月尘,这完全没有生命的物质,极度干净。是的,我想到了干净这个词。但这种干净显然不是褒义。我忽然怀念起地球上的土壤,黑色的、湿润的泥土,散发出清新的气味,也许里边还蠕动着蚯蚓。那真的是生命的乐园。

我研究了一会儿月尘,抓起一些放进我的采样箱里。

这时,爸爸又指着不远处的大陨石坑告诉我:"看,那些像是被炮弹轰击过的陨石坑,给我们讲述着月球的历史,你要学会聆听。月球没有大气和海洋，所以它的地质活动不像地球那样活跃，它相当安静，保持了古老的原样。"他的声音中充满了对月球的敬畏，似乎月球上的一切都是神迹。

"月球是一个完全被动的地方。"我感慨道。

"没错，正因为这样，我们才能把干扰项降到最低。在这里我们可以得到关于太阳系更古老的信息。另外，很多地球上开展不了的实验，在这里都取得了巨大的突破。"

"好的，学到了，谢谢老爸。"跟爸爸交流过后，我转身去找妈妈。

我妈妈张丽秀呢，她在做的事情更加神秘。

她是一位能源学家，专门研究氦-3。她说氦-3是氦元素的一种同位素，在月球上含量非常多，光是目前探明的储量就有数百万吨级别，如果全部开采用来核聚变，它所产生的能量可供人类使用数千年，是人类迈向恒星文明的必备能源。

"妈，核聚变我知道，氢弹的原理就是核聚变。这核聚变反应堆真的能够做到安全可控吗？它会不会造成大量的环境污染？"我问妈妈。

"小宇，这跟传统核电站有着本质不同，过去的核电站都是利用核裂变，辐射很严重，需要后期进行安全处理，而核聚变没有辐射危险，是非常清洁的能源。"妈妈的语气很平和，好像胸有成竹，"月球没有大气层，所以太阳风中的氦-3粒子就直接沉积在月球表面，可以说，我们最好的能源就埋藏在这片尘土之中。"

"我们的基地现在就靠氦-3的核聚变能量来支持吗？"

"鸡蛋哪能放在一个篮子里，咱们基地的能源有多个来源，还有太阳能发电及化学发电，等等。人类刚刚突破核聚变技术，正在试运行阶段，为了安全起见，核聚变装置与咱们基地还有一段距离。"妈妈指了一下核聚变工厂的位置，那里灯火通明，各种类型的智能机器在一刻不停地忙碌着。

我畅想起来，对妈妈说："核聚变反应堆要是能做成电池，装在宇宙飞船上就好了，那人类是不是就能飞到别的星系去了？"

"小宇，你说得对，氦-3核聚变电池以后会装在飞船上，让人类冲出太阳系。"妈妈总是那么严谨，即便聊天的时候。在我小小的脑袋里，我觉得太阳系算什么呀，人类以后不但要冲出太阳系，还要冲出银河系，去其他的星系探索宇宙。

"妈妈，人类以后能够去别的星系吗？"我不死心，希望妈妈说点豪言壮语。

妈妈这时拿起一块岩石，小心翼翼地装入采样箱，里边肯定有氦-3，她一边装岩石一边对我说道：

"肯定能，但那是很久以后的事情了。"

"那你觉得有多久呢？"

"500年？"妈妈被我逼得不行，随便说了个数字。

"应该用不了500年吧！"爸爸的声音突然响起，原来他一直在听我们聊天。他跟我一样，比妈妈乐观多了。

科学知识普及过后，终于该我随意玩耍了。

爸爸妈妈让我必须在他们的视线之内玩耍。他们特别害怕我跌落到环形山内部遭遇什么不测。但我不以为然，要是到了环形山内部，我重新飞起来不就了，我在这里可以飞得很高很高，像地球上的老鹰一般。

我一蹦六七米高，自己都被吓一跳，但我很快就适应了，我轻盈地跳跃在月球表面，像是地上有个蹦床似的。我尽情享受着这神奇的低重力环境，感受着脚下松软的月壤。

"我是超人！"我举起一只胳膊，使劲向前冲。

趁着爸爸妈妈不注意，我偷偷按下了宇航服上的飞翔按钮。随着轻微的嗡鸣声，我的身体慢慢地离开地面，然后迅速地升空。我感觉自己像一只宇宙中的神鸟，越飞越高，越飞越远，眼前的月球地面渐渐变小，远方那座高耸的环形山也越来越近。

就在我心中充满兴奋和自由的瞬间，我听到耳机里传来爸爸妈妈焦急的喊声，他们发现了我的"小逃跑"。他们的飞翔技巧显然比我娴熟得多，他们迅速腾空飞起，追赶过来。爸爸在左，妈妈在右，他们各自拉住了我的手，我们三个人在月球上空手牵着手，一起飞翔。

爸爸责怪道："你这个调皮的小家伙，刚一松手，你就敢乱飞！"妈妈也顺势责备了几句。

我们头盔中都亮着光，因此我可以清晰地看到他们的表情，看到他们眼中的关切，也能看到他们骄傲的微笑，这个微笑出卖了他们对我这个冒险行动的纵容，我心里立刻觉得有些得意。

接着，我们调转方向，三个人一齐在夜空中划出一道优美的弧线，慢慢飞回到基地门口。

这就是我的第一次"月球实践课"，那种飞翔的滋味让我深深着迷。想到李维和孙怡还没有体验过这样的感觉，我更是感到美滋滋的。

3　科幻般的发现

月球的自然环境跟地球极为不同,但月球上的日常生活其实跟地球上的毫无两样。每天就是吃饭、学习、娱乐、睡觉。

转眼间,我已经在月球基地生活了三年,但迄今为止,科学家们还没有在月球发现任何超出常识的东西。出于一种奇怪的直觉,我反而总觉得这是不正常的。

我一直感到脚下的月壤、头顶的天空,都在静默中隐藏着某种更深的秘密。但这三年来,一切过于在常识的范围里边,甚至过于顺利了,这让我感到不安。我熟悉老子的《道德经》,知道事物的相互转化是注定的。我惧怕一旦有超出常识的东西出现,便是颠覆性的。

果然，这天晚上，我刚准备睡觉，可我从爸爸和妈妈的聊天中，频繁听到他们提起吕姆克山，好像在说那里的地质活动变得有些异常。

我打开智能助手，问极睿，吕姆克山在哪里？有什么特殊的吗？极睿说，那里早在中国嫦娥五号的任务中就被探测过，山的周围是太阳系中最大的火山平原，是风暴洋北部最神秘的地带之一。

"风暴洋？"

"风暴洋是月球上最大的月海，请注意，虽然叫月海，可没有海。"

"不要在常识方面纠结，多给我一些信息。"我对极睿的态度显得比较急躁，但实际上我很爱它，如果它是人类，他就是我心目中的智慧老者。

"风暴洋位于月球西侧，面积约400万平方千米。它由远古火山喷发形成的玄武岩构成，年龄在32亿至40亿年。风暴洋的地形多样，包括岛屿、环形山和山脉。其中，哥白尼环形山、开普勒环形山和阿里斯塔克环形山是风暴洋中著名的环形山，它们的辐射纹在月面上显得格外醒目……"

极睿一开口，就停不下来，我的思绪却已经飘远了。我想起来了，李维曾对我提起过那片荒凉的月海，他告诉我，那曾是亿万年前火山活动的产物。

我一时很佩服他，对他说："李维，没想到你这么渊博。"

我一夸，他不好意思了，便说："我爸告诉我的，他说前段时间那儿的地质活动有些奇怪，于是他这几天正带领团队在那儿研究古代火山活动呢，据说可以找到月球形成的更多线索。"

回想起这些，我内心慌张起来，我预感到李维的爸爸李政一定在吕姆克山有了重大发现。

第二天，我的预感终于得到了应验。

大约下午6点，爸爸回到家中，我立刻迎了上去，他一见我，就紧紧抱住我，兴奋地低声说："小宇，重大发现！"

"爸爸，快告诉我！"

"李维的爸爸和他的团队在吕姆克山找到了一块黑色石板，极度黑色，不反射任何光线，光滑至极，没有接缝，不可能是自然的产物，就像凭空出现的。"他的语气里透着一股从未有过的兴奋。

我的心脏狂跳，几乎不敢相信自己的耳朵，我喊道："那不是小说《太空漫游》里的黑色石板吗？"我有些恍惚，怀疑自己是不是在做梦。

在那一瞬间，我知道，我们终于接触到了某种未知的力量——地球以外的外星文明，或者某种超越我们认知的存在。

"是的，孩子，就像《太空漫游》里描述，难以置信！"爸爸点点头，神色间充满了兴奋，"小宇，还记得吗？我们不光读了那本小说，还看了那部电影，现在的情况非常类似，那黑色石板立在那里，下面半埋在月壤中，像是突然从地下钻出来一般。"

"能给我看看现场视频吗？"我央求道。

"现在还不行，这属于最高机密，"爸爸严肃起来，"李维爸爸他们已经在那附近驻扎下来，明天一早，我会带三位科学家赶过去和他们会合。距离太远了，要跨过半个月球，明天就算一切顺利，也要开八小时车。"

"爸爸辛苦了，你今晚早点休息。"

妈妈还在核聚变工厂加班，他们最近忙疯了，如何提升能量的利用效率，现在已经到了关键时刻。我多想跟妈妈也聊聊黑色石板的事情呀，面对这不可思议的发现，她还会那么谨慎吗？

晚上睡觉前，我躺在床上通过窗户望出去，基地的灯光已经调暗，周围只剩下柔和的光线。基地已经够封闭了，所以我不要房间再拉上窗帘，我喜欢随时看到外边的环境。

我像睡前仪式一般，拿起了《2001：太空漫游》。

今晚再拿起这本书，感受完全不同了，简直让我颤抖。我一遍遍阅读着书中关于黑色石板的描述。

在这部经典的科幻小说中，人类在月球上发现了一块被称为TMA-1的神秘黑色石板。这块石板仿佛凭空出现，没有任何接缝或标记,和李维的爸爸在吕姆克山发现的那块石板极为相似。难道这个世界上真有TMA-1?TMA-1的发现成了人类文明的催化剂,推动着人类向更深邃的宇宙探索前行。

根据书中描述,这块石板高十一英尺,横切面长五英尺,宽一点二五英尺,我更仔细地研究这三个尺寸之后,发现这三者的比例正好是1:4:9,是头三个整数(也就是1,2,3)的平方。

新发现的那个黑色石块,尺寸是多少呢?爸爸没有透露。

我轻轻地翻动书页,黑色石板仿佛在书页上投下了一道不为人知的阴影。TMA-1不是个完全静止的物体,它似乎可以在某个时刻苏醒过来,向宇宙深处发射信号。那个信号最终指引人类前往土星,探索更遥远的星空。

黑色石板究竟是由什么构成的呢?书中并没有说。

我此前一直认为这是一个象征,象征着一种更高级的文明可能在监视我们,或者说,在影响着我们的进化过程。

我的思绪回到了今天的发现。黑色石板的出现到底意味着什么?难道,这真的是另一个文明的信号,就像《太空漫游》中的TMA-1一样,指引着我们去揭开更深层次的真相?

我的脑海中闪过各种可能性:这块石板究竟是偶然出现在那里,还是早已等候着我们的到来?它会不会时时刻刻在向宇宙发射信号,暴露人类的位置与信息?

我合上书,闭上眼睛,但心里的疑问无法停下,一个未知的空洞越来越大。我又兴奋又慌张,兴奋的是平淡的日常生活终于被打破了,我很快就要见证一个伟大的发现;慌张的是,这个发现会不会给人类带来不可抗拒的灭顶之灾?

第二天清晨,基地内的气氛与平常截然不同,通常宁静的走廊里充满了匆忙的脚步声,实验室的门不断开合,科学家们进进出出,手里拿着各种设备和数据板。巨大的显示屏上闪烁着实时数据,研究员们不停地记录着从探险队传回的信息,偶尔交头接耳讨论着接下来的行动计划。

爸爸和他的团队正在紧张地做最后的准备,三位科学家与他一起穿上宇航服,快速检查氧气瓶、生命维持系统和各类探测仪器。每个人的脸上都充满了专注和紧迫感,所有人都知道这次任务的重大意义。

基地的控制中心人声鼎沸,技术员们坐在操作台前,不停地调试通信系统,确保与前方探险队的联系不会中断。所有的设备都在进行最后的检查,数据流一刻不停地在屏幕上滚动。几名负责人员站在圆桌前,商讨着具体的任务细节,手指划过显示屏,标注出越过风暴洋到吕姆克山的路线和可能遇到的地形变化。

我站在一旁,看着这一切,这重大的时刻让我焦躁不安,强烈的期待与恐惧交织在一起。惨白的阳光透过基地的窗户洒在地面上,我知道,等他们走出气闸门,迎接他们的将是可怕的真空与冷酷的荒原。

"小宇，今天会是个关键的日子，"爸爸走到我面前，语气低沉但充满信心，"我们应该可以揭开那个黑色石板的秘密。"

我点了点头，抱了抱他，说："爸爸小心！你一定要安全回来！我和妈妈等你！"我心里涌起一阵复杂的情感，既为他即将展开的冒险感到兴奋，又为他可能面临的未知危险感到担忧。

外面的月球车已经准备好了，停在气闸门旁，四个巨大而坚实的轮胎上覆盖着月壤的灰尘，车身上的反光涂层闪烁着微弱的光芒。队员们把最后一件设备装载上车，氧气瓶和通信设备经过了反复检查，确保万无一失。

气闸门缓缓打开，一阵气压造成的风从内部控制室吹向外部，带着几分未知的预兆。爸爸和他的团队依次走进气闸室，穿过那道巨大的门，踏上了月球车。

基地内的喧闹渐渐消散，只有几名技术员仍在控制室里盯着屏幕，时刻监测着月球车的状态。

我的视线穿过观景窗，注视着爸爸他们的月球车队渐渐驶离基地，轮胎在松软的月壤上辗出深深的车辙，渐渐消失在冰冷的黑暗中。

4 大危机

而就在我送爸爸出发不久,没想到妈妈急匆匆地从核聚变工厂跑回基地,她的脸上显出少有的凝重。

当时,我还沉浸在爸爸离开的情绪中,所以还站在基地出入口附近。我看到一拨人从那边跑过来,进入气闸,脱掉宇航服之后,我发现打头的居然是妈妈。

"妈妈,爸爸刚刚出发了。"我赶紧跟妈妈说,她昨晚住在工厂那边,没有回家。

"小宇,我知道了,现在不是聊天的时候,你先回家去。"

"妈,没事吧?"

"核聚变反应堆出了点问题,有些数值变得不对劲,我得赶紧去指挥中心研究方案。"她抱了我一下,然后转身带着她的团队迅速赶往核聚变工厂。

"你要小心!"我喊了一句,目送她消失在基地的走廊尽头。我对新发现的兴奋感开始减弱,而慌乱感开始加剧。

不出所料,问题开始涌现。

没过多久,基地的控制室里突然响起了刺耳的警报声,红色的警告灯不断闪烁,要求基地的每个成员都要迅速穿好宇航服,以防万一。

我、李维和孙怡赶在了一起,我们三个孩子的宇航服是放在一起的。

"到底怎么回事?"孙怡问道。

"应该是核聚变的问题。"我想起妈妈紧张的样子。

"是的,"李维看了我一眼,"核聚变反应堆的监控系统出现了严重的异常,现在,就连你爸爸的通信信号也完全消失了。"

我听后冷汗都出来了,心里非常担忧妈妈和爸爸。

李维拍拍我的肩膀,说:"没事,放心,我爸爸在吕姆克山那边也暂时联系不上了。"

"核聚变反应堆要是爆炸了,整个基地就没了。我们……"我还是说出了担忧。

"别再说了。"孙怡闭上眼睛,嘴中念念有词,说,"我为大家祈祷。"

控制室内,所有科学家都忙着分析数据,试图恢复与探险队的联系,但无论他们如何努力,信号都没有恢复,空气中充斥着一种令人窒息的紧张感。

"立刻启动应急预案,准备救援行动!"基地负责人孙建安迅速下达了命令。

孙建安就是孙怡的爸爸,但平日里孙怡不怎么让我们提她爸爸,她爸爸太忙了,起早贪黑,完全没有时间陪她,她恼恨她爸爸。而她妈妈在她6岁那年过世了,是在执行一次太空任务时遭遇了故障,孙怡把这件事也多多少少怪罪在爸爸头上,觉得爸爸不应该同意妈妈去执行那样的冒险任务。因此,我和李维打心底把孙怡当成是亲人。

"你们三个守在控制室,"这时,孙建安盯着我们三人,眼神凌厉,喊道,"你们不要触碰任何按键,也不要随意走开,注意我们的通知,让你们帮忙做事的时候,动作一定要快!"

"你爸爸确实很凶。"李维轻声说。

"紧急时刻,谁不急呀。"我打个圆场。

孙怡红个眼眶,没吱声。

大人们准备去修理核聚变设备,他们迅速穿上宇航服,仔细检查氧气供应和通信设备。透过透明的面罩，我看到他们的表情都非常紧张。妈妈最后一个走出去，还在跟孙怡的爸爸孙建安探讨着方案，她看到我，只是微微点头，顾不上说话。

他们过于紧张，我反而稍稍没那么紧张了。我还是个孩子，相信大人们在如此紧张而团结的行动中，一定会战胜困难的。

气闸门缓缓打开，外面那灰暗而无声的月壤映入眼帘，他们走了出去，奔向核聚变工厂。而基地里，除了我们三个孩子和各类机器人，一切都显得空荡而无助。

我、李维和孙怡静静地站在控制室里，面对屏幕上不断闪烁的红色警告灯和刺耳的警报声，几乎都不敢呼吸了。明明是温暖的基地，但我感到周围透出一种异样的寒冷，仿佛月球外那冷酷无情的荒野正在穿透基地的墙体，缓缓逼近我们。

"我们该怎么办？"李维低声问道，他的目光始终没有离开屏幕。通过屏幕，可以看到救援队已经进入核聚变工厂，开始了修理工作。

"要不然我们一边看着他们的紧张，一边聊聊那块黑色石板吧。"我提议。

"你先说。"孙怡拉过椅子，坐了下来。

"这太像《太空漫游》里的情节了，这块石板难道真的是一个更高级文明的信号？"我猜测道，"难道他们发现了我们的科技突破，比如核聚变，故意前来阻挠？"

"很有可能，"李维接过话，他一直对生命的起源很感兴趣，"这个石板，可能是一种能量体，或者是某种诡异的生命形式？"

"我更倾向于它是能量体，"我回答，"我猜测这块石板是他们与我们联系的方式。他们可能正通过我们进行核聚变实验的时机进行接触，进而监视。"

孙怡一直在静静听着，突然插话："如果他们真的远远超越我们，那他们的文明进化很可能早已超越了科技的范畴，进入了一种更高层次的存在。他们可能在意识、道德甚至价值观上有了完全不同的理解。"

我们越说越怕，越怕越要说，直到说不下去为止。

我们每个人都有不同的见解，但在这一点上我们达成了共识——在这块石板出现之后发生了核聚变故障，这绝非偶然，而是预示着一种可怕而强大的力量已经来到。

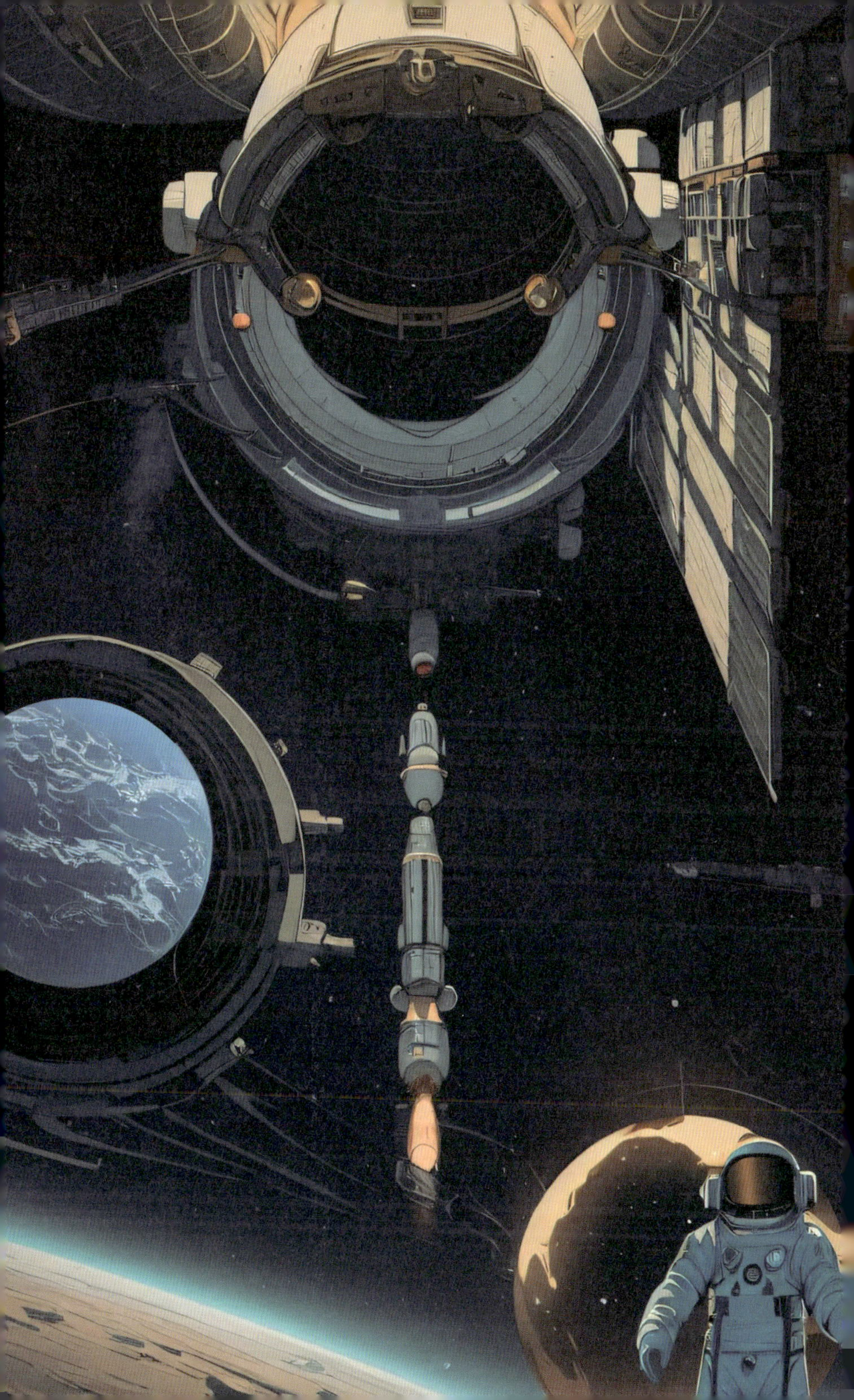

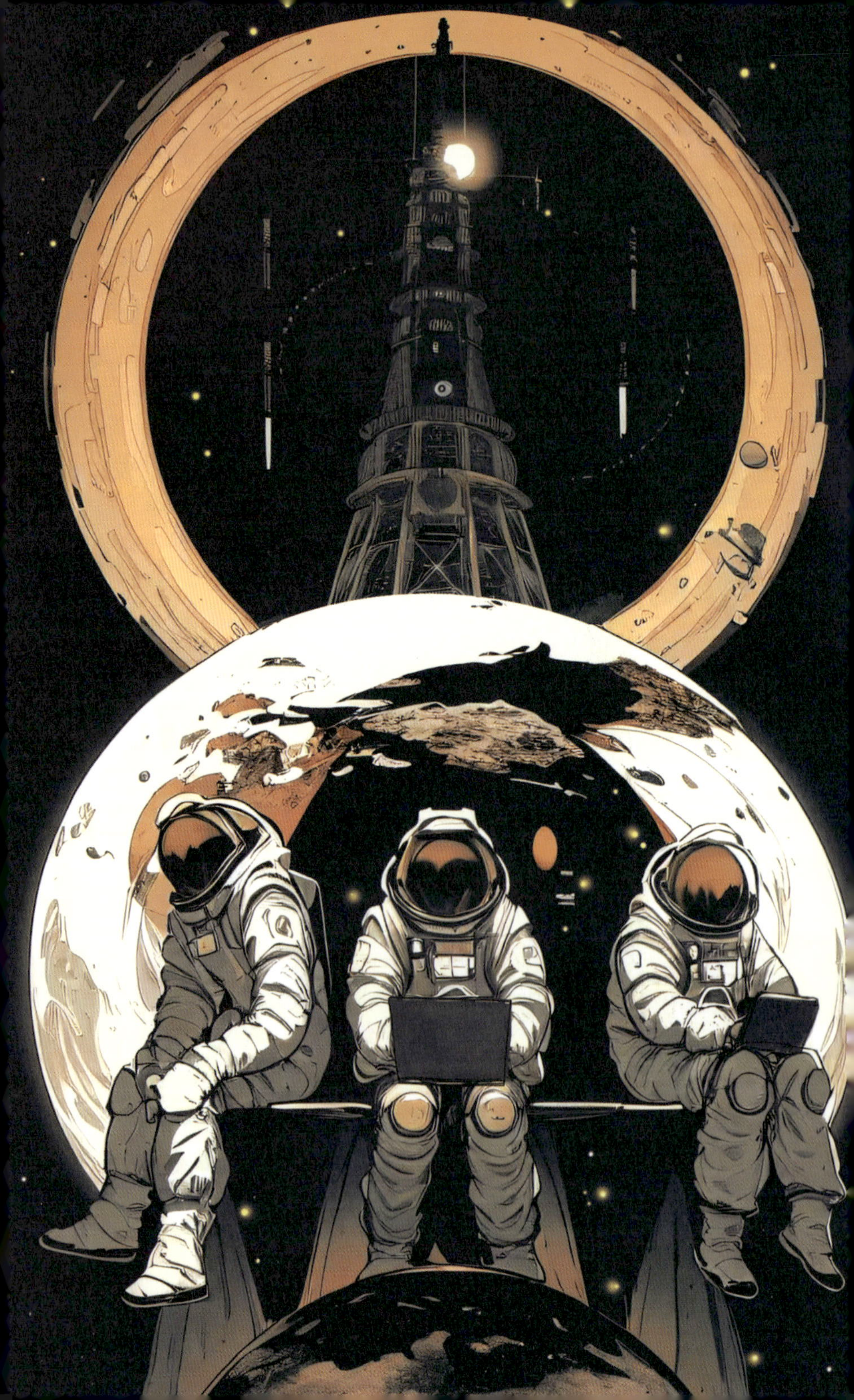

5 探测神秘物质

　　幸运的是，几个小时后，我们收到信息，核聚变装置的安全隐患已经排除，基地暂时摆脱危险了。但坏消息是，核聚变的参数出了问题，无法再次启动了。尽管经过人工和人工智能的多次排查，一切参数、一切设备的状态都没有任何问题，但是，关键设备就是不再运转了。

　　妈妈张丽秀去核聚变工厂之后就一直没回家，安全隐患排除后，我联系上她，她说："小宇，妈妈最近都没法回家了，尽管现在安全了，但我们还是得想办法让设备重新运作起来，这也是我们来广寒宫基地的使命呀。你好好照顾自己，跟爸爸多联系，他那边的发现很重要，我们也怀疑那黑色石块导致了核聚变设备的损坏。"

随后，我便赶紧联系爸爸乔华建。

核聚变工厂那边安全之后，基地跟探险队之间的联系就恢复了。这些都是非常奇怪的现象。

"爸爸，你那边还好吗？"我的声音有些急促，想知道他是不是安全。

过了几秒，爸爸的声音从通信器那头传来，依旧冷静而温和，"小宇，别担心，我很好。我跟你说个好消息，我和李维的爸爸李政已经商量过了，"他顿了一下，像是在斟酌接下来的话，"我们决定给你们三个孩子最高权限，让你们可以参与整个科研过程。观察和学习，也是非常重要的课程啊，这样你们就能近距离了解我们这些大人在做什么了。"

我一时间有些愣住了，科学家们正在面对和处理如此巨大的谜题，而我们三个孩子竟然能参与其中？这也太幸运了吧！

"不过，有一点，"爸爸语气忽然变得严肃起来，"你们必须注意，一定要保密，你们看到的和知道的任何信息都不能对外透露。"

"好的，请首长放心，我明白的！"我心里涌起一股责任感，使劲点着头。

"小宇，别点头了，你爸爸看不到。"孙怡在旁边看笑了，她朝我吐了吐舌头。

我这才意识到，自己是用音频联系爸爸的，他根本看不到我。

自此，我和李维、孙怡可以随时进入各种科研场所，但没有特殊情况，我们必须保持安静，不能乱说话。

当天晚上，通过卫星直播，我看到爸爸和他的团队到达了吕姆克山。

黑色石板就在那里，静静地伫立在月壤中，表面光滑，却不反射任何光线。石板看上去并不大，但当他们尝试用工具将其移动时，这块石板纹丝不动。

"它太重了。"现场的科学家们纷纷说道。

尽管从外观上看，它与普通的岩石无异，但它的重量远超常规设备能承受的范围。团队尝试用各种工具搬运石板，但没有任何设备能够撼动它分毫。经过多次失败后，科学家们大致测算了一下这个黑色石板的密度，发现它一定超过太阳内核的密度。这个发现让所有人都震惊不已。

这意味着什么？我爸爸乔华建和李维的爸爸李政站在石板旁，看着这个无法搬动的物体，心中充满了疑问。如此高密度的物质，显然并不符合月球上任何已知的矿物成分，它的存在本身已经是一个难以解释的谜题。

"测量它的尺寸。"爸爸说。

"你不会真以为是1∶4∶9吧？"李维的爸爸李政愣了一下，然后脱口而出。

"测一下不就知道了？"爸爸挤出了一点微笑。

利用专业设备经过多次测量后，显示数据：1∶4∶9。

全部的人都喧哗起来了。

"这不可能！这一定是个恶作剧！"有人这样喊道。

"恶作剧？我们没有能力进行这样的恶作剧，"李政摇摇脑袋说，"我们可没法制造密度这么大的东西！"

随着对石板的进一步研究，科学家们发现它并不是单纯的静物，而是在不断与周围的宇宙空间进行着微弱的能量交换。这种能量交换显然对于异常灵敏的核聚变技术会产生直接影响。因此，核聚变反应堆故障与石板的联系越来越无法忽视。

于是，基地领导层在跟地球管理机构进行反复沟通后，做出这个重大决定：以黑色石板为核心，就地搭建一个实验室，全方位研究这块神秘物质。

基地里的技术人员基本上都被调派过来了，开始搭建一个全面的研究站。

不只是中国，全球顶尖的科学家们也迅速响应，来自多个国家的支援火箭接连发射，月球上的科学力量在短时间内集结起来。整个世界的注意力都集中在了无比荒凉的月球背面，吕姆克山成为人类最前沿的科研中心。

高分辨率的微观扫描设备被迅速安装,科学家们开始对黑色石板的每一个细节进行精密的探测。

随着扫描的深入,他们发现了两个令人难以置信的事实:

首先,石板的内在应该是中空的,而它的外壁非常薄,那么,这意味着这种材料的密度已经远远超越之前预测的太阳核心,直逼中子星的密度。

其次,石板的表面并不像肉眼看到的那样光滑。通过微观扫描,科学家们看到了极其复杂的纳米结构。这些结构排列得异常复杂,是人类目前的技术无法做到的。正是这些纳米结构在跟宇宙空间进行着能量交换,尽管这种交换微弱到几乎不可察觉,但它还是被捕捉到了。

接下来的光谱分析让科学家们更加震惊。

石板竟然在持续释放出一种特殊的电磁辐射。这种辐射并不是自然现象,而更像是某种精心设计的能量模式。更令人感到不安的是,这种电磁辐射确实能够干扰核聚变反应,实验结果显示,石板释放的辐射能够影响核聚变反应中的关键粒子运动,扰乱它们的轨迹,使核聚变效率大大降低,甚至在某些情况下完全无法进行。这与基地核聚变反应堆出现的问题完全吻合。

试想一下,如果一种外星文明掌握了这样的技术,就意味着他们可以随意调节太阳的亮度,就像人类控制台灯一样容易。

全球顶尖科学家们陷入了空前的恐惧和兴奋之中。他们快被这种复杂的心态给折磨疯了。

这块黑色石板，是人类历史上从未遇到过的最复杂的科学谜题。它代表着一种超越我们现有物理学理解的技术或知识。它的出现，像是一道来自宇宙深处的谜语，等待着人类去解答。

我和李维、孙怡也感受到了这种巨大的压力。每次经过控制室，我们都能看到科学家们忙碌的身影，每个人的表情都无比凝重。虽然我们只是孩子，但我们已经深刻意识到，人类文明的命运来到了一个关键节点。

6 遥远的警告

一个月后,基地内的紧张气氛已经达到顶点。全球各国的科学家陆续抵达,吕姆克山的实验室已经成为人类最繁忙的科研中心。无数的设备运转着,高分辨率扫描仪、量子分析仪器、能量波动探测器都在试图解开这块黑色石板的谜团。

在控制室内,一群科学家围在圆形会议桌前,显示屏上闪烁着刚刚采集的纳米结构和电磁波数据。空气中充满了低语和紧张的讨论,每个人都知道,他们正在与时间赛跑。基地的核聚变反应堆仍然没有恢复正常,能源供应变得越来越紧张,尤其是这些大功率实验设备的启动,更是消耗了大量的电能。

就在所有人都在寻找解决方案时,一个大胆的想法开始在科学家群体中蔓延开来。

"或许我们需要从根本上重新思考这个问题，"我的爸爸乔华建站起身来，眼神坚定，指着屏幕上的复杂纳米结构模型说，"我们试图直接研究这块石板，解开它的构成，但我们忽略了一个可能性：石板上的这些结构或许是量子态的，也许我们可以利用量子纠缠技术，找到破解它的方法。"

房间里瞬间安静了下来。

量子纠缠，这种被称为"超越时空的量子联系"的现象，一直是物理学中的前沿理论。两个量子可以通过某种无法理解的方式同步互动，而这两个量子之间的距离可以是无限远，这个现象已经被证实，但还没有更好的物理学理论去描述它的本质。

"你的意思是，"来自法国的科学家费伯接话，语气里透着好奇，"我们可以找到与石板中某些物质有量子纠缠关系的粒子，然后通过这种方式来探测石板内部？"

爸爸点了点头，继续说道："尽管石板的密度很大，但依然是由基本粒子构成的，是量子可以穿透的。如果我们能找到与石板内部处于量子纠缠状态的粒子，就有可能绕过它的物质限制，直接与它的核心进行互动，甚至破解它对核聚变反应的干扰。"

会议室里一片低语。许多科学家仍然对这个想法持怀疑态度，但现在情况紧急，核聚变反应堆的问题必须尽快解决。而且，黑色石板本身已经展示了许多超出常规理解的现象，也许非常规的量子纠缠是唯一的突破口。

"这是个大胆的想法,"李维的爸爸李政抬起头说,他是基地的地质学专家,一直主导对石板物理性质的研究,"我支持乔华建的提议,我们必须尝试。再困难也得试。"

孙怡的爸爸孙建安也举起右臂,说:"我也支持!"

我、李维和孙怡彼此相视一笑,我们的爸爸第一次这样相互支持。

紧接着,行动开始了。

科学家们迅速调集设备,准备进行量子纠缠的实验。专门的粒子加速器被调试到极限状态,他们开始寻找与黑色石板内处于量子纠缠状态的粒子。

我们三个孩子的目光跟所有人的目光一起,都紧盯着屏幕上不断变化的数据。

实验正式开始了,设备开始运转,所有人屏息以待。

科学家们通过精密的仪器,向石板的纳米结构发射了一系列基本粒子,还包括能够穿越宇宙的中微子。

然而,第一次尝试几乎毫无反应,设备的数据记录显示失败。

第二次尝试迅速展开,但结果同样令人失望,量子纠缠粒子的路径仿佛被某种未知的力量阻挡,信号无法传递。

实验团队的气氛越来越紧张，但没有人选择放弃。每一次失败，反而激发了他们更强烈的求知欲与坚持。他们坚信，这些复杂的纳米结构背后一定隐藏着解开石板之谜的线索。随着设备的每一次运转，粒子发射的角度被微调，粒子强度也进行了精密的重新计算，所有人都在等待那个关键时刻的到来。

时间在实验室内缓慢流逝，仪器的嗡鸣声不时打破宁静。每个人都屏息等待着结果，但连续十几次尝试后，屏幕依然没有任何反应。实验室的氛围越来越沉重，失败的阴影开始在科学家们的心头蔓延。

就在所有人开始感到绝望时，控制台上的屏幕突然亮起了异样的光彩，数据曲线猛然发生了剧烈的波动。

科学家们的目光全被吸引了过去，心跳仿佛都停顿了。他们发现，尤其是中微子的探测结果，之前毫无反应的部分此刻出现了明显的变化。

信号指示器猛然跳到了最高值，数据流动的速度快得让人难以跟上。所有人都围聚到屏幕前，震惊与兴奋交织在每个人的眼神里。

我爸爸乔华建快速扫视着屏幕上的数据，惊讶地发现他们确实找到了与石板结构发生量子纠缠的粒子。他们终于找到了量子纠缠的那条被隐藏的路径。这意味着他们已经跟未知的石板内部建立了某种联系。

"天哪，意想不到！我们找到了！"费伯兴奋地喊道，他跑过来跟我爸爸拥抱了一下。

但更加令人震惊的事情才刚刚开始。

"等等，这是什么？"李维的爸爸李政指着屏幕上突然出现的复杂符号，它们像是某种代码，但明显不是自然现象，"这些符号……它们似乎是某种编码的信息。"

屏幕上的数据曲线闪烁不止，显示出复杂的波形和符号，所有的科学家都紧张地盯着屏幕，连呼吸都变得急促起来。控制台前的每个人都知道，刚刚的中微子探测和量子纠缠结果意味着他们已经触及这个黑色石板的核心秘密。

然而，眼前的符号和数据流似乎并不属于任何已知的数学与物理语言。

孙建安，孙怡的爸爸，站在最前方，紧紧盯着屏幕上那些奇怪的符号。他的眉头紧皱，眼神中闪烁着几分思索和困惑。

"这些符号……它们看起来不像是随机的物理波动，"孙建安自言自语道，手指轻轻滑过显示屏，"它们更像是……某种语言，一种我们不认识的语言。"

"孙总工，你认识这种语言？"爸爸急切地问道。

孙建安摇摇头，但很快，他的眼睛一亮，仿佛灵光一现。他立即调出更多历史数据，对比了几种古老文明的符号和语法结构。作为一位科学家,孙建安的业余爱好是研究各个文明的古文字,没想到这个被同事们戏称为"原始人的爱好",现在突然派上了用场。

"这确实不是随机的波动,而是某种语言信息。"他快步走到主控台,调出了几个文明的古文字参考资料,与屏幕上的符号逐个比对,焦急而专注地破译每一个可能的线索。

几个小时过去了,孙建安一边分析着屏幕上的符号,一边调整各种参数,最终一个难以置信的发现逐渐浮现了出来:

这些符号不仅是语言的残片,它们还承载着一个来自高级文明的信息。

"诸位,请你们稍等,我们马上就要破解了!"孙建安激动地说。

大家一起鼓掌,喊道:"加油!加油!"

孙怡更是激动得两眼有了泪水,她轻声说:"爸爸加油。"

我和李维轻轻拍了拍孙怡的肩膀,孙怡的小身体在微微颤抖。

孙建安咬紧牙关,敲击键盘的手指越来越快,直至最后一串字符完全呈现在屏幕上。

"破解了!"他深深呼吸着,整个人一瞬间仿佛陷入了梦境。他按下最后的确认键,屏幕上那些复杂的符号转化为简洁明了的语言。

放弃核聚变技术，不要再继续发展，对宇宙没有好处。

整个实验室陷入一片死寂。

科学家们怔怔地盯着这行字，似乎一时无法接受自己眼前的事实。孙建安也同样震惊，他变得不知所措，他怀疑自己是不是把信息给破译错了。他又回头去思考自己的破解过程，喃喃自语道："不可能，不可能……但似乎只能这样。"他几乎要哭了。

这个信息就像一记重拳，打在每个人的心头。

放弃核聚变？核聚变技术是人类未来能源的希望，是人类迈入恒星级别文明的关键技术。为什么一个高级文明会发出这样的警告？

"这不可能，"妈妈皱着眉头，声音中充满了难以置信，"核聚变是我们解决能源危机的出路，全部的恒星都在进行核聚变，为什么它会对宇宙有害？"

"也许，"费伯低声说，语气里充满了敬畏和恐惧，"高级文明已经看到了我们没有看到的东西。也许核聚变技术会带来某种无法控制的后果——不仅对地球，而且对整个宇宙。"

没人回应费伯。费伯用力抹抹眼睛，然后，挤出一个笑容，试图安慰大家："朋友们，至少，我们人类首次在真实世界中接触到了地外文明，而不是在科幻电影里，我们应该对此感到高兴。"

"费伯,可这个接触得到的信息是负面的,甚至是一种威胁。"我爸爸乔华建沮丧地说。

费伯耸耸肩,也说不出话来了。

在场的全球顶尖的科学家陷入了空前的困惑与恐惧。这一切似乎都超出了他们的理解。

他们决定通报地球有关方面,也希望地球上的专家们指出这是一次错误的破译。

7　来自人马座A

消息传回地球后,世界陷入混乱。甚至还有专家站出来指责说孙建安破译的这个信息是经不起推敲的,极有可能把意思弄反了,地外文明也许是鼓励我们发展核聚变的。这样一来,混乱就更加剧烈了。

这个消息本来是一级绝密,但在当时的混杂环境中,多国科学家在跟本国的联系中,忘记使用加密渠道,从而让媒体得知了这个可怕的重磅信息。

人类的历史上充满了战争与暴力,核聚变技术突破的这段时期,是人类非常难得的和平时期,世界上每个角落的战争都停止了。但这次地外文明的警告,让好不容易取得高度共识的人类社会再次分裂。

网络、电视、社交媒体上，关于"是否放弃核聚变"的辩论迅速占据了所有头条，全球范围内的争论激烈如火。街道上爆发了抗议活动，标语横幅高举着："为了宇宙的未来，停止核聚变！"与之相对的则是另一阵营的人，他们坚定地相信："我们不能因未知的威胁而停滞不前，科技是人类进步的钥匙！"

一部分科学家、政府领导者及普通民众支持放弃核聚变技术，认为如果不遵循高级文明的警告，人类文明可能会招致灾难。尤其是一些经历过往灾难的国家，他们害怕再犯历史性的错误。这个阵营的代表人物是联合国秘书长艾米丽·佩恩，她来自海地，她站在联合国大会的讲台上，呼吁全世界冷静面对来自宇宙的警告。

"我们必须承认，面对这个高级文明，地球是脆弱的。"她在演讲中说道，声音坚定而充满忧虑，"我们已经见证了核聚变反应堆的故障，见证了黑色石板带来的影响。现在，我们要做的不是盲目继续，而是保持谦卑，放弃核聚变，遵循他们的指示，以免带来不可预知的后果。"

与她相对的，是全球顶尖的技术专家和一些科技企业家，如来自巴斯拉的首席技术官马克德曼。他站在反对派的领导位置，坚决主张人类不应被外星文明的警告所吓倒。

"这就是我们放弃的理由？因为一个神秘的石板？"马克

德曼在一次国际科技峰会上高声说道，语气中透着不屑和坚定，"我们人类的力量在于不懈追求科技进步。核聚变代表着我们能源的未来，是解决地球能源危机的唯一出路。我们不能因为某个未知的文明就停下探索的脚步。我们有权利掌握自己的命运！"

两大阵营的对峙日趋激烈，街头示威愈演愈烈，各个国家内部的会议上也因为这一问题而争吵不休。社交媒体上充斥着支持与反对核聚变的口号，一时间，全球的焦点都集中在这个问题上。

与此同时，尽管地球上的争论和分裂愈演愈烈，但在月球吕姆克山的实验室内，一切依然是那么安静，科学家们没有停止研究的步伐，各种实验仍在紧张而有序地进行。

科学家们研究的焦点依然集中在那块神秘的黑色石板上，各个学科的专家都在用自己的专业知识与仪器设备探索那块石板。

一个月零五天后，新的突破诞生了。

这一次的发现，比上次的语言信息更加震撼人心。

玛丽亚·克莱恩博士，美国哈佛-史密松森天体物理中心的资深研究员，站在实验室的巨大显示屏前，指着那几乎难以察觉的信号频谱，脸上写满了难以置信。

"这简直无法想象，"她的声音因震惊而颤抖，"石板上释放出的这种电磁波，竟然与银河系中心的人马座A黑洞的辐射频率几乎完全吻合。"她的手指在显示屏上轻轻滑动，指向那细微却明显的频谱重叠处，展示着两者不可思议的联系。

"请您给我们详细讲讲。"孙怡的爸爸孙建安说道。

"人马座A是银河系中央的超级黑洞，位于距离地球大约2.6万光年的地方，这个庞然大物是银河系最神秘、最强大的天体，整个银河系都在围绕着它旋转。"玛丽亚·克莱恩博士扶了扶眼镜，擦了擦额头上的汗水，"我的老师安德里亚·格兹教授曾测量过人马座A的质量，它是太阳的430万倍。这种质量的黑洞，其事件视界内的时空扭曲和引力潮汐效应都远超我们的理解。"

我知道玛丽亚·克莱恩的老师安德里亚·格兹，我研究过她的成果，知道她曾获得2020年的诺贝尔物理学奖。

因此，我跟在场所有人一样，倒吸了一口凉气。

黑色石板与黑洞具有联系的猜想令人毛骨悚然。

黑洞，尤其是像人马座A这样的超级黑洞，代表着宇宙最极端的环境，它们不仅拥有无比强大的引力，还伴随着极端的物理现象，比如时间膨胀、时空扭曲，以及我们尚未完全理解的奇点。时空在奇点处会被无限压缩，所有已知的物理定律在这里失效。

"黑洞是宇宙中最具破坏性的天体之一，"玛丽亚·克莱恩博士继续说道，她的语气中充满了敬畏，"它的引力如此强大，连光都无法逃脱。任何物质一旦进入黑洞的事件视界，就再也无法出来。这意味着,我们看到的黑洞外部的信息,其实是过去的痕迹,而石板上释放出的这种辐射,竟然与黑洞的辐射频率相似。"她停顿了一下,声音低沉而充满不安,"这意味着,黑色石板与银河系中央的巨型黑洞之间,可能有某种我们无法理解的联系,甚至是互动。"

整个实验室一片寂静,所有科学家都沉默地盯着显示屏,仿佛试图通过那一行行复杂的数据来寻找答案。

黑洞那强大的引力场使得它们能够吞噬一切:恒星、行星,甚至整个星系的气体和尘埃。然而,令人震惊的是,黑洞却可能与此次前来联系的高级文明有关联。

玛丽亚·克莱恩博士的声音再次打破了沉默:"我进一步大胆猜测,这……这是否意味着,这个高级文明曾经甚至可能现在就在那片黑洞周围活动?"

她的话音刚落,一名年轻的研究员忍不住发问:"在黑洞周围,怎么可能有文明?就像您说的,那里的一切物质都会被撕成碎片,任何东西靠近都会被摧毁!"他的声音带着明显的疑惑和不可思议。

这个问题道出了所有人心中的困惑:黑洞这个宇宙中最具破坏性的天体,怎么可能容纳生命与文明的存在?

玛丽亚·克莱恩博士微微摇头,眼中闪烁着一种难以言喻的光芒。她深知这个问题的分量,但同时她也意识到,这不仅是一个简单的物理问题,更是人类对宇宙认知的一次颠覆性挑战。

她轻声说道:"我们对黑洞的理解太有限了。对我们来说,黑洞是终结,是引力的极限,是一切物质的湮灭。但对这个文明来说,黑洞可能并不是终点,而可能是一次伟大的升华。他们也许已经掌握了如何与黑洞互动,甚至将黑洞作为一种能源,或者某种通向更高维度的工具。"

她的目光扫过实验室,每一个科学家的脸上都带着渴望进一步倾听的表情。"如果他们的科技能够操控黑洞,那么他们对宇宙的理解,远远超出了我们的想象,而我们人类的宇宙观恐怕要重新建立了。"她的话语带着一股冰冷的现实感。

这时,李维在我耳边小声说:"黑洞,一个连光都无法逃脱的天体,居然已经成为这个高级文明的能量源,而我们人类才刚刚触及核聚变的边缘。小宇,我感到好绝望。"

"我也是。"我跟李维对视了一眼,我们的心情异常复杂与沉重。

我的爸爸乔华建抬起右手,摸了摸右耳垂,我看到他这个习惯性动作,就知道他要发言了。果然,他语气沉重地缓缓补充道:"在我看来,若是他们能够在黑洞附近这种极端环境中生存或互动,就意味着他们不再有城市,也不再有肉身,他们可能已经进化成某种超越物质形态的存在,成为一种超越我们理解的生命形式。"

"确实如此！"玛丽亚·克莱恩博士赞许道。

"如果像您说的这样，他们的存在，就像是神一样，"一位满头白发的老科学家低声说，脸上写满敬畏与恐惧，"人类曾经幻想在太空中寻找类似自己的智慧生命，没想到等待我们的却是一个已经掌握了宇宙最危险力量的超级生命。"

玛丽亚·克莱恩博士深吸一口气，继续说道："现在最关键的问题是，为什么这个黑洞文明选择与我们联系？为什么是现在？"她的声音带着疑问与焦虑，"会不会反过来证明我们的核聚变技术取得了一次关键性的突破？因此，我们触碰到了他们曾经走过的危险边界，才引发了他们的警觉？"

孙怡的爸爸孙建安站在她旁边，凝视着屏幕，思绪仿佛陷入深邃的空间，他忽然接过话头，说："也许，这不仅是一个简单的警告，"他的声音低沉，但坚定，"也许这个黑洞文明正在试图向我们展示某种东西，关于他们如何掌控黑洞，关于他们的过去与现在，甚至未来。因此，我们应该继续深入研究那个黑色石板，那里面绝不可能只有这句警告。我相信那里隐藏着更多的知识。如果我们能够破译出更多信息，无疑会揭示他们的真正意图，同时也能推动我们自己的科技进步。"

他的提议非常务实，立刻得到了在场所有科学家的响应。

大家纷纷点头，眼神中重新燃起了希望与决心。尽管刚才的发现让所有人感到震惊和不安,但科学的本质就是不断探索未知,追求真理。

实验室内的氛围再度活跃起来,尽管每个人的心上都布满了阴云,但大家还是要尽力而为。有人甚至说出了海明威在《老人与海》里边的那句名言:"你可以消灭我,但无法打败我。"

8 生命的观察场

地外文明来自银河系中央黑洞的消息传回地球后,再一次掀起了民众的恐慌高峰。就在科学家还无法定义这种奇特的文明之际,民众已经将它命名为"黑洞文明"。这个可怕的新发现让民众关于核聚变技术的讨论瞬间消停。

此前,人们一直在争论是否应该继续发展核聚变技术,但无论是哪一方,都以为接触到的地外文明跟地球文明相差不会太大,是生活在某个行星上的高级文明,虽然比我们人类更先进,但依然处于我们能够理解和竞争的范围内。

然而,令他们没想到的是,这种地外文明居然存在于银河系中央的巨型黑洞附近,连小学生都知道,这种文明的强大是何等吓人，对人类文明来说，完全是一种碾压式的存在。因此，人类社会很快就达成了前所未有的共识：为了避免激怒这个神秘而强大的黑洞文明，暂时停止核聚变技术的研发。

现在，人们的讨论集中到了更加根本的问题上——人类的生存与未来。每个人心中回荡起莎士比亚在《哈姆雷特》中写到的那个永恒问题：生存还是毁灭？

生存还是毁灭，毁灭吧！

末日的氛围迅速在地球上蔓延开来。许多人失去了生命的意义感，甚至辞去工作，开始沉迷于短暂的享乐和醉生梦死的生活，等待着末日的到来。

我的妈妈张丽秀就是在这时病倒的。她感到浑身乏力，却一直查不到具体原因，随后，在心理医生的诊断下，确诊为抑郁症。我知道她的病因，她是核聚变领域最优秀的科学家，现在不让研究核聚变了，那不等于抽干了她的灵魂吗？我和爸爸一直安慰她，但是收效甚微。我们不得不听从医生的建议，让她返回地球，在大学任教。新的工作应该可以缓解她的病情。

我和爸爸护送妈妈到了地球，并且生活了一小段时间。妈妈的情况有所好转，她对我们说："你们回月球去吧，我自己在这里没问题的。"

"我们不放心你。"爸爸抚摸着妈妈的头发。

"去吧，你们在这里我心里更不舒服，我自己现在使不上劲了，但你们在月球上努力研究，我就感到自己好像跟你们在一起战斗。"

妈妈的这种心情，我们当然明白。

于是，我跟爸爸再次返回了月球基地。

月球基地果然跟地球上的氛围大不一样。我这段时间在地球上也度过了一段美妙的时光，白天仰望蓝天白云，在绿色的大草坪上散步，晚上欣赏月亮，这样的生活真好啊。但在月球基地，永远黑色的太空，封闭的环境，让那些过惯了地球生活的人，在这里一周都待不下去。可是，这里的科学家们几十年如一日，几乎是不眠不休地进行着研究和实验，解读着每一个从黑色石板上捕捉到的信号，期待从中发现关于黑洞文明更多的技术秘密。他们比任何人都明白，时间紧迫，每一次进展都有可能决定人类文明的存亡。

我对这些科学家充满了越来越多的敬意，也正式确立了自己的梦想：成为他们中的一员。

各个国家团结一致，向月球发射了大量的宇宙飞船，携带着众多的先进设备和资源，会聚到吕姆克山的实验室。这个实验室的规模也越来越大，成为人类有史以来规模最大的实验室，就连它周围那片荒凉的月海现在都建满了各式各样的建筑。

科学家们不仅希望从这块神秘的物质中找到更多的信息，而且期望在其中获得科学技术上的启发与突破，从而获得对抗黑洞文明的机会。

我紧跟科学家们研究的步伐，随时了解他们研究的最新进展。我知道他们目前正全力以赴以光子和中微子信号为主要方式，进行更多量子纠缠的实验。因为光子和中微子是黑洞辐射出来的物质中占比最多的。

但研究显然遭遇了瓶颈，一年过去了，毫无新的进展。就在人们完全绝望之际，新的突破出现了。

这天，是中国的春节，可谁都没心情过年。科学家们更是继续开展研究工作，好像从来没有春节这回事儿。

我和李维、孙怡三个人凑在一起，决定为大人们做些什么。我们合计了一下，包饺子吧！我们一起包饺子，煮熟趁热给实验室里的爸爸妈妈及其他科学家送去。

大家还是被我们的热情触动了，吃着我们包的饺子，笑着夸我们这三个月球孩子终于懂事了。

"月球孩子，这个名称好，你们可以组个乐队什么的。"我爸爸乔华建也笑着说。

整体氛围稍微有些松弛，大家也暂时休息一下，彼此开始拜年，说过年好。

就在这时，屏幕上的数据流出现了不同寻常的波动。在场的全部科学家顿时警觉起来，正在咀嚼饺子的嘴巴都凝固了。

"有发现！大家动起来，各就各位！"李维的爸爸李政说道。

孙建安有了上次破译的经验，这次还是一马当先，想要破解新的信息。但很快，他就发现事情不对劲，转头惊呼："这次的信息似乎并没有加密！"

紧接着，一段震撼的文字就直接在屏幕上呈现出来了：

人类，你们的一切都在我们的监测中。

这句冰冷、直接的话仿佛子弹穿透了实验室的空气，击中每个人的内心。所有人都感到了一种可怕的窒息。

这跟此前的破解不一样，这次显然是直接实时联系到了黑洞文明。这说明黑洞文明不再是一种假设，也不是一种死亡文明的遗存，而是与我们共同存在的高级别文明。

紧接着，屏幕开始呈现出更多的数据，这是从遥远的银河系中央传来的信息，光是想到这一层，就让我的心脏抽紧。

屏幕上滚动的数据逐渐又生成了一句话：

银河系是生命的观察场。太阳系是唯一诞生生命的地方。

实验室里骤然陷入一片死寂，每个人都不敢相信眼前的信息。这是对人类整个宇宙观的完全颠覆。

科学家们彼此对视，每个人的脸上写满了疑惑和不安。

"嘿，你们到底是谁？你们想干什么？"玛丽亚·克莱恩博士忽然大声喊了起来，她的声音尖细而颤抖，"你们既然在监测我们，就一定能听见我的问题！请回答我，请回答我！"她几乎失去了理智，捂着脸无助地哭了起来。

"难道我们只是他们的实验对象？"有人低声问道，眼神中充满了恐惧。这个想法刺入每一个在场科学家的内心。如果黑洞文明已经强大到能够掌控银河系并进行生命实验，那么人类的命运，是否早已被安排？

"请回答！请回答！"一个接一个的科学家失去了理智，开始大声喊叫。

玛丽亚·克莱恩博士抬起头，满脸泪痕，她哽咽着说："这……这意味着太阳系不是偶然形成的。它是被设计的，是为了生命而精心构建的。"

我爸爸乔华建走近屏幕，用手指触碰着那行字，仿佛不相信那是真的，他眼神充满疑惑和惊讶："设计？设计生命？他们的意思是不是说，太阳系是他们专门创造出来的生态系统？从而才有了生命的诞生和发展？"

就在科学家们还在消化这个令人震撼的消息时，新的信息出现了。黑洞文明似乎听见了科学家们的喊叫，决定进一步揭示更多真相。

太阳系是独特的，它被设计用于观察和引导生命的演化。我们已经掌握了你们全部的历史与文化，通过你们的小说《太空漫游》中的想象场景，我们设计了这块石板，便于以你们熟悉的方式进行沟通。

这段话一出现，击溃了科学家心底的最后防线。

如果说此前那些宏大的话虽然可怕，但还是有些宽泛，可现在这番话意味着，黑洞文明就连《太空漫游》这样的科幻小说都了如指掌，更何况其他更加重要的事物？他们以这种方式，完美证明了他们的上一句话：他们对人类的监测，并告诉人类，他们的监测所能达到的细密程度。

孙建安走过来，轻轻抱住他的女儿孙怡，因为孙怡一直在哭。他的表情非常僵硬，他语无伦次地说："孩子，别哭，别哭……他们过于强大了……他们对我们了解得如此透彻，甚至知道如何通过我们的文化来与我们对话。"他这么说，孙怡在他怀里哭得更厉害了。

"对不起，孩子，对不起……"他只能不停轻拍孙怡的脊背。

爸爸乔华建站在一旁，眉头紧锁："这意味着我们一直在被他们观察……从第一个细胞诞生开始，他们就已经在看着我们。"

整个实验室内陷入了死寂。科学家们面面相觑，我们正在面对人类自身存在的根本性疑问：我们是谁？我们的生命为何会存在？太阳系不是真实的，而是一个"生命试验场"吗？还有他们提到了整个银河系，难道整个银河系都是一个宏大的试验场？

这时，李维的爸爸李政问出了那个所有人最害怕却又不得不问的问题："那你们会毁灭我们吗？"

他的话语像一把利剑刺破了周围的沉默，所有人顿时感受到了一种无形的重压。每一个人，从站在控制台前的科学家到屏幕前的技术人员，甚至是在远处监控事态发展的决策者们，呼吸仿佛在这一瞬间停止了。

这个问题的答案是一场审判，决定着整个人类的命运。

屏幕上的数字和数据停止了滚动，黑色石板静静地躺在实验台上，表面上那微弱的量子波动似乎也变得更加缓慢。

房间里的一切都仿佛在等待着那边遥远未知的存在做出回应。

每一秒钟的沉默都像是一种无尽的折磨，每一分每一秒都被无限延长，充斥着一种令人窒息的濒死感。

突然，屏幕再次开始闪烁，那熟悉的数据流再次出现，所有人目不转睛地盯着它。屏幕上浮现出了一行字，简短但明确。

不会。你们可以继续生活。

一瞬间，虽然大家都没开口说话，但能感到实验室里爆发出一种无法言喻的复杂情绪，那是绝望中的暂时希望。每个人都长长地吐出一口气。但那种压抑的恐惧并未随着这行字的出现而消散开去，因为黑洞文明尽管做出了这一承诺，可人类的未来依然悬而未决。这句话，像是一种临时的宽恕，却无法彻底消除人们对未知的深层次恐惧。

9　茫茫十年

这是一个令人难忘的时刻，不仅对人类文明来说如此，对我、李维和孙怡来说更是如此。

那天上午，基地内的每个人都知道，9点30分将会迎来联合国的一次重要声明。虽然我们距离地球如此遥远，身处月球背面的广寒宫基地，但这场全球直播的重要性让我们所有人心中都充满了期待与不安。

清晨的观景台安静而寂寥，四周是无尽的黑色天空，只有远处的太阳发出苍白的光芒。我们三个好朋友，我、李维和孙怡，早早就来到了这里，静静等待着历史性时刻的到来。

我们围坐在一起，肩并肩地坐在金属长椅上，缓缓展开手中的便携小屏幕，等待着直播的开始。空气中充满了一种无形的紧张感，连我们平时的玩笑和闲聊也都停了下来。每个人的目光都盯着屏幕上那闪烁的联合国标志，屏息期待着一场改变命运的宣告。

李维将屏幕摆正，微调了角度，好让我们三个人都能看得清楚。他小声嘟囔着："你们说，联合国会不会做出一些惊天动地的决定？"他的语气带着一丝轻松的调侃，但我知道，在这样的时刻，每个人心里都难以保持平静。

孙怡则安静地望着屏幕，双手交叠在腿上，目光专注而沉默。经过这段时间的各种事件之后，我能感到她变沉默了很多，不再是那个吵吵嚷嚷的小妹妹了。

联合国的直播准时开始。

艾米丽·佩恩，这位来自海地的皮肤黝黑的联合国秘书长，站在讲台上，身后是那熟悉的蓝色联合国旗帜，台下坐满了来自各国的代表。她的身影显得如此坚定，而她的目光透过屏幕直视着我们，仿佛穿越了地球与月球之间的遥远距离。

"这是一个全球性的十字路口，我们要做出正确的决定，保障人类的安全与繁荣，"佩恩的声音坚定且平和，她深知人们心中充满了恐惧与不安，但此时，她需要传递的是冷静与希望，"因此，我们不能再对黑洞文明对我们的警告视而不见，人类必须重新审视自己在宇宙中的位置。太阳系是独一无二的，它是为生命而存在的。"她的声音坚定有力，但又不失温柔。

"我们无须过于恐慌，"她继续说道，眼神扫过全场，"黑洞文明没有彻底禁止我们继续探索科技的边界，但他们提醒我们，在前进的过程中必须保持谦卑，意识到科技可能带来的危险。因此，我呼吁，全球各个国家应在这段危机中团结一致，倾听来自黑洞文明的警告，必须无限期停止核聚变技术的研究，"她的语气变得更加坚定，"以及任何可能打破现有科学框架的探索。出于对宇宙平衡的敬畏，我们应当以更加负责任的态度去看待未来的科技发展。"

这次讲话不仅震撼了台下的世界各地的领导人，更是通过屏幕传递到了每一个国家和地区。

我们三个人默默地坐在观景台上，耳边是联合国秘书长艾米丽·佩恩坚定的声音，但我们已经不知道她接下来说了些什么。在那一瞬间，我们无法控制自己的情绪，眼泪不由自主地涌了出来。

李维低着头，双手紧握。孙怡则轻轻抹掉眼角的泪水。而我感到胸口一阵沉重，仿佛所有的梦想、所有关于探索和未来的渴望都在此刻被无情浇灭。

我们小声地哭泣，哭声被观景台周围的空旷环境给吸收了，但内心的失落与绝望却无处隐藏。

所有的雄心壮志，关于科技、关于宇宙、关于人类未来的幻想,此刻都显得那么遥远,我们仿佛被逼到了绝境,无法再看见希望的光芒。

就在我们陷入情绪的低谷时,一个温暖的声音从身后传来:"别哭。"

这声音低沉而坚定,带着某种令人安心的力量。

我们三人同时扭头,我一眼就看见了那熟悉的身影,那是我的爸爸,乔华建。他站在我们身后,脸上带着一种无法忽视的平静与笃定。

他慢慢走到我们面前,轻轻拍了拍我的肩膀,然后看向我们三个:"我们还有很多事情可以做,尤其是你们,你们经历了这场浩劫,我坚信你们会是真正改变未来的人。"他的语气充满了希望和信心,让我们从那片情绪的海洋中缓缓抽离。

我们看着他,那种失落感似乎在他的激励下逐渐淡去,取而代之的是一种无与伦比的坚定决心。

虽然前方的路变得模糊了,但我们知道,我们不能轻易放弃。

黑洞文明在那次联系之后就消隐了,任凭人类怎样呼唤,他们不再回应。可科学家们深知,黑洞文明处于巨人的引力场中,他们的时间流速是非常缓慢的,他们跟我们的关系就像是中国古代神话中说的那样:天上仅一日,地下已一年。因此,他们一个稍稍停顿，我们这边就过去了几个月乃至几年。

全球的科学研究从联合国秘书长佩恩发言开始，完全进入一个前所未有的暂停阶段。

过去那些对前沿技术的疯狂追逐被搁置下来，所有的实验室、科学机构和研究团队都不得不面对一个冷酷的现实：人类的科技发展再也不能无所顾忌地向前冲了。

然而，这并不意味着科技完全停滞。

人类开始将焦点转向科技在日常生活中的应用，大幅提升人工智能与日常生活的结合。AI技术迅速渗透到社会的每一个角落，从医疗到教育，从能源管理到交通运输，人工智能的应用效率大大提高。

在这一背景下，能源的开发和利用变得更加智能化与高效，人们对太阳能、风能等可再生能源的利用率提升了很多，逐渐减少了对传统核能和其他不可再生资源的依赖。

人类社会变得更加科技化，但这一切的背后，是一种对未知的敬畏与克制。人类不再追求那些可以带来无限能量或改变宇宙秩序的技术突破，而是专注于如何让现有技术更好地服务生活。

这个时期被称为"科技反思时代"。

人类在黑洞文明的警告下，不再试图过度改变自然，而是回归一种平衡与可持续发展的状态。

也许，换个角度看，这不仅是一次危机，更是一场蜕变。

转眼间，10年过去了。

我、李维和孙怡已经长大成人。

李维的个头已经追平我，我们都比地球上的一般人高大，跟月球引力小很有关系。李维小小年纪居然就喜欢留胡子，号称"蓄须明志"。

孙怡长成了楚楚动人的大姑娘，也不再用手指着我们，逼我们叫姐姐了，她变得温柔而淡定，总是一副处变不惊的样子。

尽管我们时不时会回到地球，参加学术交流、国际会议和各种科研活动，但大多数的时间我们仍然生活在月球基地里。这种在低重力环境下的长期居住，已经悄然改变了我们每个人的身体机能。

首先，我们最直观地感受到的是骨骼密度的下降。尽管月球基地配备了重力补偿系统，帮助模拟部分地球的重力环境，我们每天也都按计划进行各种锻炼，包括跑步、负重训练和专门设计的抗阻运动，但弱重力环境的影响依然不可避免。

我们的骨骼密度逐渐降低，肌肉的力量也无法完全与地球上的人类相提并论。特别是在我们回到地球进行学术交流时，那种感觉非常明显，地球强烈的引力场让我们显得格外虚弱，每一步似乎都比在月球上更费力。毫不夸张地说，我们在地球上每天需要有一半以上的时间躺在床上。

即使如此,月球的环境似乎也带来了意想不到的好处。

我们的智力发育在这个特殊的环境中似乎得到了超常的提升。或许是因为远离地球社会的干扰,我们得以在一个纯粹的科研环境中专注于自己的学术探索,抑或是因为在月球上,前沿科技的发展和人工智能的广泛应用帮助我们在学习与创新中获得了前所未有的效率。我们逐渐意识到,虽然在体能方面逐渐退化,但我们的认知能力和逻辑思维比起地球上的同龄人更加敏锐。

这10年,月球上的生活也为我们提供了独特的视角去观察地球上发生的每一次变化。

地球上的人们依旧忙碌着,奔波于日常琐事中,仿佛从未发生过那场震撼人心的事件,与黑洞文明的联系就像一场遥远的梦。尤其对那些在"黑洞文明事件"后出生的人来说,那个令人战栗的事实已然成为历史书上一页泛黄的篇章,他们的生活似乎与那个时刻毫无关联。黑洞文明的警告与提示,对他们来说只是历史教科书中的一个脚注,无法激发他们内心的警惕和敬畏。

那些新生的年轻人,他们只知道人类的独特性,却没有感受过生命在面对未知宇宙时的那种绝望的残酷。他们不知道什么是面对灭亡的威胁。

在这样的社会氛围中,地球上的生活方式逐渐变得有一种疯狂的取向。人们沉溺于物质享乐,科技的便利让生活变得更加高效和娱乐化。

尽管AI和科技帮助提升了生活质量，但人们的行为却逐渐偏离了我们曾经那种对生命和科技的深刻思考。短期的追求和感官的刺激成为主流，具有雄心壮志的人类梦想越来越少。

我们对这一切看得格外清晰。

健忘是人类的本能，尤其是在新的世代接替旧的世代时。可是，对我们这一代人来说，那段与黑洞文明的对话依然像幽灵般萦绕在脑海深处。

我们记得那份恐惧、敬畏与沉重的责任感。我们被不断提醒，生命的独特性是何等脆弱，太阳系作为宇宙中唯一孕育生命的地方，是多么珍贵。

在距离地球几万公里之外的地方，我们仿佛是旁观者，见证着这颗蔚蓝星球上逐渐淡忘的教训。

我们尽管有些冷眼旁观地球社会的变化，但从来没想过要去加入世俗的狂欢。我们一直在努力，丝毫不敢懈怠。

这天，是我们在月球基地的毕业日。

虽然我们从未真正就读过地球上的任何学校，没有经历传统意义上的求学生涯，但广寒宫基地依然决定为我们颁发一张真正的毕业证。这个毕业证不仅象征着我们在月球10年的成长与努力，更代表着我们通过了无数个科目的严格考核和挑战。

我、李维和孙怡三人又一次相约来到了我们最熟悉的观景台，这个承载我们共同回忆的地方。

在这里，我们曾度过无数次讨论、争论和思考的时光。站在这个俯瞰月球荒凉地貌的高台上，我们每个人手中都紧握着那张代表10年奋斗的毕业证。

毕业的最后考核比我们想象中还要复杂，不仅包括传统科目数学、物理、生命科学、哲学，还涉及我们各自对未来探索的深入思考。最终，我们的任务是每个人都要写一篇关于自己感兴趣领域的毕业论文，将10年来所学到的一切融汇其中，向其他人展示自己对未来的思考与探索。

现在的我们，已经完成了这篇最具挑战性的论文。

在观景台上，我们决定彼此分享我们各自的毕业论文，这不仅是毕业日的正式仪式，更是一种象征，我们即将迈入一个新的阶段：正式从学生转变为探索者、研究者。

10　我们的研究结晶

　　李维率先站了起来，微微晃动着手中的毕业证，笑着说："让你们见笑了，我的论文题目是《生命的起源与宇宙之间的联系》。"他站在我们面前，眼中闪烁着对生命的深刻好奇与渴望，他的研究一直专注于生物学与宇宙学的交汇点。我们知道，他对生命的本质与起源充满了无限的探求，而这篇论文则凝聚了他对宇宙中生命所有可能形式的猜想。

　　接着，孙怡也微笑着起身，她轻轻抚摸着自己的毕业证，仿佛回忆起了这一路走来的各种艰辛。她说："我的论文题目是《文明的演化与历史的循环》，我从历史和人类社会的演变着手，思考文明如何在科技的突破中不断重塑和演变。"然后，她压低声音，悄悄说："我相信，黑洞文明的出现并不是偶然，而是文明进化中某个极端的可能。"

轮到我时，我也轻轻举起毕业证，深吸一口气，眼睛不禁扫向远处的月面。那无垠的黑暗和冷漠的月壤，总让我思索宇宙的无情与美丽。

我站在两位朋友面前，说："我的论文比较烧脑，题目是《宇宙的终极奥秘：时空与引力的统一》。"我有些不好意思，向朋友们解释道："我选择了我一直以来最痴迷的物理学领域，试图将引力场和量子力学之间的鸿沟进行弥合。"

这时，我们三个人彼此相视一笑，在月球观景台上，以黑色的天空为幕布，我们突然觉得这一刻有点像在表演话剧。

刚刚的那一幕，正式而庄重，仿佛我们是在为基地和自己的人生演绎一场完美的毕业典礼。但是我们知道，这还远远不是结束。

我们三个人神秘兮兮地把头凑在一起，互相递了一个眼神，李维率先低声说道："好了，我们演得够久了。现在是时候分享我们真正想要探讨的东西了。"他的声音里带着一丝期待和兴奋。

孙怡也笑着点头："是啊，这些论文都是给基地审核过的，但我们真正感兴趣的，还有另一份。"我们都知道，她指的是我们每个人为自己准备的秘密论文，那篇没有提交给任何导师审核、没有被放入月球基地的学术档案中的研究。

我们哈哈笑着，已经很久没有这么开心过了。我们从手中的资料袋中小心翼翼地拿出了自己的文稿，轻轻放在一起。

这三份论文，是我们真正为自己、为我们的未来所写的，当然，毫无疑问，都是关于黑洞文明的。不过，我们已经不再使用"黑洞文明"这个概念，我们更愿意称之为"暗生命"。我们觉得，"黑洞文明"这个名称太过局限，无法真正揭示出这个文明的生命本质。与其简单地将其视为科技高度发达的集体文明，倒不如说它们是一种暗藏在宇宙深处的生命形式。

它们不仅存在于物质层面，更是与宇宙的基本法则交织在一起而形成的"暗生命"。

在这里附上三篇论文的摘要。

李维：《暗生命发展简史》

一、起源

暗生命的起源与许多其他高等文明一样，始于对能源的无尽追求。很有可能，他们诞生在某个跟地球类似的行星上。几百万年前，这个文明走上了与人类相似的科技进步之路，然而他们的跃迁速度极为惊人。他们第一次科技飞跃是在掌握了核聚变技术之后，这一突破为他们提供了源源不断的能源，使文明迅速进入新的发展阶段。核聚变的广泛应用改变了他们的历史进程，不仅打破了原有的生命与自然平衡，也激发了他们对更强大能源的渴望。

能源的索取成为文明发展的核心，随着科技的迅猛进步，生命对能源的需求不仅没有满足，反而急剧增长。这个文明在短短五百年内就跨越了其他文明数千年才能达到的阶段——"戴森球"的时代。

戴森球是一个围绕恒星建造的巨大结构，能够吸取恒星的全部能量用于维持文明的运转。然而，尽管恒星的能量强大无比，却依然有限。恒星不仅终有一天会耗尽能量，而且恒星也并不安全。尤其是传统的恒星能源无法满足他们的扩展需求。此时，他们的目光不得不转向宇宙中最具挑战性和神秘的天体：黑洞。

二、转向黑洞

黑洞，作为宇宙中最强大、最危险的天体，一直被认为是毁灭和绝望的象征。黑洞拥有巨大的引力场，可以吞噬一切物质，甚至连光线也无法逃脱。但对暗生命而言，黑洞蕴含着无尽的能量，如果他们能够掌握这种能量，便能获得近乎无限的能源，甚至对宇宙法则的控制权。

暗生命的科学家们集中研究如何从黑洞中获取能量，特别是"霍金辐射"——由黑洞边缘微弱释放的粒子。这种辐射虽然极为稀少，却成为他们潜在的重要能量来源。经过数千年的实验与技术进化，他们终于掌握了利用黑洞辐射和引力场来为文明提供能源的技术。黑洞从一个无底的吞噬者，变成了他们依赖的最强大能量来源。

但更重要的是，黑洞强大引力场造成的"时间膨胀效应"才是他们迁徙到黑洞附近的关键。在黑洞附近，时间变得极为缓慢，这意味着他们的寿命相对外界显著延长。他们的目标很明确：掌控银河系中央的人马座A，这个最巨大的超级黑洞，从而成为整个银河的统治者。

三、进化

为了成为星际文明，暗生命的生命形式发生了根本性的改变。最初，他们的生命体还是以碳基为主，但随着科技的进步和适应辐射的需求，他们逐渐进化为硅基生命，进而成为多种元素结合的生命体。然而，这只是过渡阶段，暗生命的进化远不止于此。

在持续吸收黑洞能量的过程中，他们的物质形态变得更加复杂，其成分几乎包括宇宙中所有能与辐射和引力场相互作用的元素。最终，他们彻底摆脱了物质形式的束缚，成为一种能够完全吸收能量和辐射的"暗生命"形态。

在这种"暗生命状态"下，他们的身体不再反射任何光线或辐射，而是吸收所有射入的能量。这个特性让他们在宇宙中几乎不可见，仿佛成为黑暗中的幽灵。在这个阶段，暗生命不再依赖有机物质的生命形式，而是完全依靠能量维持自身的存在。

四、能量吸收与防护

在黑洞周围，"引力潮汐"可以轻易将普通物质撕裂成碎片，但暗生命通过进化出极端适应性的结构，巧妙地规避了这种威胁。他们由无数微小而精妙的能量吸收器官组成，这些器官类似一种场域结构，能够高效地捕捉并处理黑洞周围的辐射，将其转化为维持自身生存和发展的动力。

他们的生命形式不再依赖传统的食物链或化学能量转换，而是通过吸收黑洞附近的高能辐射和粒子流来维持运转。暗生命的能量吸收机制极其高效，当周围能量过剩时，他们会通过特定的方式释放部分能量，以避免过热或能量过载；而在能量匮乏时，他们可以最大限度地吸收周围的辐射，确保文明的正常运转。

黑洞不仅是他们的能量来源，还是他们进化和科技发展的助推器。通过长期暴露在黑洞的强大引力场中，暗生命逐渐掌握了操控引力场和量子辐射等技术，使他们能够改造黑洞周围的环境。

五、发展与交流

暗生命的交流方式也发生了转变。由于他们完全吸收光线和辐射，传统的视觉交流在他们之间变得无用。为了与其他生命体互动，他们发展出了全新的通信方式。暗生命的交流不再依赖声波或光波，而是通过电磁感应、引力波通信，甚至是一些尚未被人类理解的物理现象来传递信息。这些交流手段极其先进，可以跨越巨大的距离，传输质量巨大的物质及设备。他们的科技水平让他们能够远程感知和操控物质与能量，彻底打破了传统通信的局限。

然而，这种进化也带来了挑战。暗生命与其他物质生命体的互动变得越来越困难。由于他们的形态和能量吸收机制，他们在与其他星系文明接触时显得极为隐蔽且神秘，很多低等文明甚至无法察觉到他们的存在。他们的活动会改变周围的辐射场和能量流动，进而影响周边的恒星和星系的演化。暗生命的存在，不仅影响了他们自己，还对整个宇宙环境产生了深远的影响。

六、结论

暗生命的进化与发展展现了宇宙中生命的多样性和无尽的可能性。通过掌控黑洞这种最极端的天体，他们不仅超越了物质形态，还进入了新的存在层次。他们是宇宙中最具挑战的生存者，探索能量和时空的极限，同时也是最无畏的探险者。

孙怡：《暗生命的社会结构》

暗生命的社会组织是宇宙中最复杂和抽象的形态之一。由于他们已从物质形态进化为纯粹的能量体，他们的个体与集体之间的关系发生了根本性的变化。这种存在方式彻底颠覆了人类传统对社会的理解，呈现出一种个体意识与集体意识高度融合的状态。

一、个体与集体的融合

在暗生命构成的文明中，个体意识依然存在，但与传统生命形式中的个体有很大不同。每个个体的意识与集体网络相连，可以独立思考、行动，但也能在需要时融入集体意识。这种自由切换模式保证了个体的独特性，同时确保在集体决策时，所有个体的智慧与经验都被最大化利用。

在紧急情况下，暗生命可以通过集体融合，形成一种"超级意识体"，通过集体智慧系统快速做出决策。而在日常生活中，个体保留自由，自主选择是否参与集体事务。这种动态切换机制确保了社会的灵活性和高效性。

二、决策与智慧系统

暗生命的决策体系基于集体智慧系统。在涉及文明整体的重大决策时，所有个体会将意识连接到集体网络，通过集体思维进行高效分析与预测，模拟多种未来情景，从而做出最优决策。

个体不会被集体决策所压制，而是参与其中，共享思想与洞察。这种集体决策模式避免了个人局限性，使得暗生命在面对复杂宇宙问题时，能够快速反应并采取行动。

三、社会层次与责任分配

尽管没有传统意义上的领袖，但是暗生命文明存在着基于经验和知识的层次结构。在处理特定领域问题时，拥有相关经验的个体自然会承担更多的责任。比如在面对黑洞技术或能量领域问题时，相关专家会成为集体决策中的核心。

这种层次化不是基于权力，而是经验与能力的自然流动。个体可以自由选择参与集体事务，或退回独立状态，探索自己感兴趣的领域。

四、文化与生活方式

暗生命的社会重视个体与集体的平衡。他们没有传统的艺术或宗教，取而代之的是通过能量流动和意识感知的体验。个体在独立状态下追求自我提升，而在集体融合时，共享经验与感知，形成超越个体意识的集体享受。

他们的文化强调共生与共存，认为每个个体的存在都是文明进化的一部分。由于能量和知识在这个文明中是无限共享的，暗生命文明没有产生争夺资源或权力斗争的现象。

五、最终进化目标

暗生命的终极目标是与宇宙的彻底融合。他们相信，通过不断提升自身的能量控制和意识水平，最终他们能够完全融入宇宙的能量场。这种进化不是个体的消失，而是每个个体意识与宇宙能量的共鸣。他们希望通过这种进化达到超越时空、超越物质形态的存在形式。在这个过程中，个体与集体的动态平衡被推向极致，成为文明进化的核心哲学。

六、对人类的警示

暗生命对人类的干预与警告，源于他们的高度文明状态下的"无喜无悲"。他们失去了早期文明中的情感波动，成为纯粹的能量体。或许正因如此，他们对人类充满了怀旧与保护的欲望，希望人类能保持那份快乐与悲伤的情感，而不被纯粹的理性所束缚。

暗生命对人类文明的好奇，也反映了他们对自己失落的童年时代的某种渴望。因此，他们阻碍了人类对某些科技的过度探索，提醒我们科技的高速发展有时会带来不可挽回的后果。

乔宇：《暗生命与宇宙膨胀之间的关系》

暗生命的存在和活动与我们观察到的宇宙加速膨胀有着某种深层次的联系。通过对引力和宇宙膨胀现象的深入探讨，我认为暗生命利用引力作为能量来源，这种行为无意间可能加剧了宇宙膨胀的速度，导致了我们目前观察到的宇宙膨胀远远超过预期速度的现象。

一、暗生命的引力操控能力

暗生命的最显著特征之一，就是他们能够操控引力场。引力是宇宙中最基本也是最强大的相互作用之一，而暗生命依靠这种能力从周围环境中获取巨大的能量。他们通过掌握黑洞和其他极端天体的引力场，不仅能够维持自身的生存，还能操控时空、实现星际旅行。我们可以假设，每一个星系的中心，尤其是超大质量黑洞，可能都与某种形式的暗生命相关联。

然而，这种对引力的操控并非没有后果。引力是宇宙膨胀的制约因素之一，通常情况下，引力的作用是抵消宇宙膨胀的力量，甚至有可能最终导致宇宙收缩。然而，暗生命大量利用引力来获取能量，可能会导致一个意想不到的后果——宇宙膨胀的加速。

二、宇宙膨胀与暗生命的关系

根据当前的宇宙学模型，宇宙的膨胀速度并不是恒定的。事实上，宇宙正在加速膨胀，而这种现象通常归因于暗能量的存在。暗能量是一种神秘的、推动宇宙加速扩张的力量，但我们对它的理解还极为有限。暗生命与引力的相互作用，可能与暗能量的作用类似，或者甚至有可能是暗能量的一种表现形式。

我的假设是：暗生命通过操控引力场、提取黑洞能量的行为，对宇宙的时空结构产生了深远的影响。这种影响可能加剧了宇宙的膨胀，导致膨胀速度比我们预期的还要快。特别是在星系的核心区域，暗生命的活动可能扰乱了原本的引力平衡，使得这些区域成为宇宙膨胀加速的"源泉"。

三、宇宙结构的失衡

现有的观测数据表明，宇宙膨胀的速度已经远远超过了光速，这对传统物理学理论来说是难以理解的。按我们的理解，没有任何物质或能量的运动速度可以超过光速，但宇宙的膨胀是一种时空的扩展过程，不受限于这一规则。暗生命可能通过引力操控的方式，进一步加剧这种时空的扩展，使得宇宙在某些区域内的膨胀速度远远超过了光速的极限。

这意味着暗生命的活动不仅影响了我们所在星系的局部区域，更对整个宇宙的结构和演化产生了巨大的影响。他们操控引力的行为可能无意中打破了宇宙膨胀的自然平衡，从而推动了我们所观察到的宇宙加速膨胀。

四、暗生命的未来危机：控制膨胀

如果宇宙膨胀过快，可能会导致宇宙引力结构的进一步削弱，甚至有可能导致暗生命自身无法继续维持他们对引力场的操控。这就意味着，他们的生存本身也会面临危机。

暗生命的下一步挑战，可能就是如何控制宇宙的膨胀。他们需要找到新的方法，在不加剧膨胀的情况下继续获取能量，否则，随着宇宙的过度膨胀，他们将面临能量不足和生存危机。暗生命或许已经意识到了这一点，并试图通过改变某些物理常数或开发新的能量获取方式来维持宇宙平衡。

五、展望

未来的研究应当进一步探讨引力场、暗能量与暗生命的相互作用，并通过观测和理论模型来验证这一假设。如果推测正确，那么理解暗生命与宇宙膨胀之间的关系，可能是揭示宇宙未来命运的关键一步。

11　伟大的重启

当我们认真阅读了彼此的秘密论文后,房间里一片沉默,气氛中弥漫着难以名状的震惊与兴奋。我们仿佛一下子看到了真相。

暗生命的基本状况在我们的推理和理论中逐渐清晰起来。每一个发现、每一段逻辑都像是在拼凑出一幅前所未有的图景。

李维的脸上浮现出一种隐隐的狂喜:"这简直是不可思议的,我们从未想到能够走得这么远,小宇竟然发现了暗生命与宇宙膨胀的关系,而孙怡也是如此不可思议,在有限的信息中,居然已经弄清了暗生命的社会结构。"他的话语中满是难以抑制的激动,仿佛一条崭新的道路已经铺展在我们的面前,前方是无限可能的曙光。

孙怡的眼睛闪烁着好奇与骄傲的光芒："是啊，我们已经迈出了最艰难的一步。"

然而，随着兴奋感逐渐退去，我们三人开始陷入沉思。这种前所未有的成就感带来的并不仅是自豪，随之而来的还有一种不安，一种难以言喻的焦虑开始在我们心中蔓延。我们仿佛站在了一个未知的边缘，不知道自己是否已经触及了"禁区"。

我开口打破了短暂的沉默，声音中带着迟疑："你们不觉得我们做的这一切，可能早就在暗生命的监测之中了吗？"这个问题犹如一颗重磅炸弹投下，彻底让我们从刚才的喜悦中清醒过来。

李维皱起眉头："我想起他们曾经说，整个银河系都是他们的观察场。"

"是的。"我点点头，心里充满了疑惑，"那么我们在这里的每一个推论、每一次实验，按理说都暴露在他们的视野中。"

孙怡轻声说道："如果他们已经知道我们在研究他们……那他们为什么至今还是沉默的？他们的沉默意味着什么？他们会允许我们继续下去吗？还是会在某个时刻突然干预？"

随着这些问题的提出，我们被一种深深的迷茫所笼罩，甚至有了一种无力感。

尽管如此，我们还是决定采取行动。

加密论文是我们唯一能够暂时拖延暗生命注意力的方法，哪怕只是稍稍推迟他们发现的时间，也许能为我们争取到宝贵的机会。

经过反复的讨论，我们采用了一种简单但独特的加密方式，将论文的内容隐藏在看似普通的科学数据中，并寄送给全球相关领域最著名的科学家们。

我们知道，这种加密方式在真正的高级智慧面前显得幼稚不堪，暗生命可能只需要极短时间就能破译我们的全部研究内容。但任何一点时间的延迟都是非常宝贵的，要知道，能延迟他们那边一点点时间，对我们来说就是很多时间。我们希望在他们干预之前，这些论文能够传递给地球上最具影响力的科学家，也许有机会找出关键性的突破口。

我们三个人互相看了一眼，几乎没有任何语言交流，但彼此的心思已经心照不宣。

李维首先伸出了手，搭在我的肩膀上，紧接着孙怡也伸手搭在李维的肩上。我们三个人形成了一个环状的闭合结构，似乎这个小小的圆环能够给我们更多的勇气和力量。也许这是来自祖先基因的传递：古老的人类勾肩搭背围绕着篝火整夜狂欢与祈祷。

每当面临关键的抉择或需要彼此支持时，我们都会这样站在一起，肩膀挨着肩膀，形成一个闭环。这是我们三人之间不言而喻的信任与默契的象征，是我们保留至今的一个小小的隐秘仪式。仿佛一旦我们形成这个环,无论未来如何不可预知,我们都不会被孤立、被击垮。

我们闭上眼睛,沉默了几秒钟,内心默默祈祷着。

当我们同时睁开眼时,所有的犹豫已经被勇气与决心所代替。我们一同将手指移动到那闪烁的发送键上,手指几乎同步地按下,屏幕上的图标迅速闪烁,一切瞬间被发送出去。

几分钟过去了,我们的环状结构依然没有散开,我们的身体相互依靠,我们甚至把脑袋也顶在了一起,一股隐形的力量在我们之间流转。

我并没有把这件事情告诉爸爸乔华建。10年来,爸爸肩上的责任越发沉重,他看上去有些憔悴,白头发越来越多,眼神中透着长期压力的疲惫。基地的日常运转和科研压力已经让他心力交瘁。

这天,爸爸主动找到我,手里握着一封匿名邮件,邮件的内容便是我们的突破性研究成果。我看着他神情严肃的脸,心里翻涌着一阵复杂的情绪。我犹豫了很久,内心在激烈挣扎,要不要告诉他这背后的真相?我知道,一旦说出口,就意味着他要跟我们一起承担压力与风险。

我思虑再三,还是鼓起勇气,决定低声告诉他实情。

"爸爸……"我开口,语气中带着紧张和不安,"那些研究……那些突破，实际上是我、李维和孙怡一起做的，我们不想就这么算了。"

他怔住了，目光锁在我的脸上，眼中闪过一丝不可思议的神情。他没有马上说话，仿佛在消化这个突如其来的消息。几秒钟后，他深吸一口气，沉默片刻，然后，他缓缓开口，语气里充满了震惊但也带着某种钦佩："我从没想到，竟然是你们三个人做到的……你们居然走得这么远，远远超过了我们。"

我不知道接下来他会怎么反应，但他的话让我心头一松。他没有生气，也没有责备，反而是满脸的欣慰与坚定。他看着我，声音坚定地说道："小宇，我无比支持你们。你们真是有勇气、有远见的年轻人，我为你们感到骄傲。这是巨大的成就，而现在，是我们走得更远的时候了。"

他将手放在我的肩上，语气中透着鼓励："我们不能再等待或犹豫。由我来策划一次关于暗生命的学术研讨会，看看银河系中央的那帮家伙会做何反应。"他的声音中满是勇气，已经做好了迎接任何挑战的准备。

我将爸爸的支持告诉了李维和孙怡，我们获得了巨大的信心。

我们知道，这场讨论或许会改变人类未来的命运。

一个月后，全球最顶尖的科学家齐聚月球，聚集在吕姆克山研究基地。无论是吕姆克山基地,还是我们的广寒宫基地,现在都已发展成了美丽而充满活力的地下城市。五十多个其他基地也如雨后春笋般冒出,并通过复杂的地下管道连接在一起。通过这些管道,全封闭的地下列车系统可以迅速地将人们从一个基地送到另一个地方,不仅减少了地表活动的危险,还极大地提高了运输效率。

如今,在地球和月球之间的往返已经变得异常便捷,人们先搭乘太空电梯,抵达太空站,然后再承坐宇宙飞船飞往月球。宇宙飞船的设计日趋成熟,航程的舒适性得到了显著提升,甚至连没有接受过太空训练的普通人和老年人也可以毫无压力地进行星际旅行。

顺便提一下,随着科技的发展,人类在火星上已经有了居住基地。载人航天任务也已经抵达木星的卫星木卫二,对木星的卫星系统有了直观探测与研究。可以说,在太阳系内,人类文明还是一副蓬勃发展、欣欣向荣的景象。然而,人们无法为之感到自豪,人们清楚地知道,面对那深不可测的暗生命及他们建构的黑洞文明,这些进步都如尘埃般不值一提。

这场至关重要的会议吸引了全球最重要的科学头脑,尤其是当年那些曾参与过黑色石板破解工作的顶尖科学家,他们都来了。

我再一次看到了玛丽亚·克莱恩博士，我还记得她发现了黑色石板与人马座A黑洞之间的联系。10年时光流逝，她已经衰老，但她在会议现场却显得神采奕奕，仿佛找回了当年的活力。她的到来引起了全场的瞩目，大家都期待着她在这场会议上带来新的见解。

会议正式开始了，各国科学家、研究员纷纷落座，一种紧张而庄重的气氛笼罩着整个会场。这次会议没有任何政要参加，是一次纯学术会议，万一暗生命对此发出质疑，那么人类依然有退路。

还有一位特殊的与会"嘉宾"是不得不提的，那就是在会场中心摆放的黑色石板。它被小心翼翼地安置在透明的展示台上，四周环绕着各种复杂的仪器设备，一如当年人类首次与暗生命建立联系时的情景。

石板在柔和的灯光下显得尤为神秘，它的光滑表面无任何痕迹，仿佛在静默中凝视着这场全球瞩目的会议。

台下的科学家们紧张地望着它，心中有着一丝不安。

这块神秘的石板在过去10年里一直牵动着人类的神经，如今，它再次成为这场关键性会议的焦点。每当仪器上闪烁着新一轮的数据时，所有的目光都集中在石板上，期待着它的某种反应。

玛丽亚·克莱恩博士首先发言："亲爱的同仁，今天我们聚集在此，面对的不是简单的科学问题，而是关乎我们未来命运的抉择。我们正在揭开暗生命及他们创造的黑洞文明的谜团，如果他们有任何意见，"她把目光投向石板，"那么我们相信，他们一定会告诉我们。"

在场的科学家无奈地笑了起来，既恐惧又期待。

玛丽亚·克莱恩博士的声音再次响起："我们首先必须肯定这三位年轻人的研究，我们这次相聚都是因为他们的论文，"她看向我们三人，继而朝我们的方向使劲挥手，"他们的研究发现为我们理解暗生命及黑洞文明提供了坚实的基础。他们的大胆推测和缜密分析，尤其是他们无畏的勇气，让我们重新燃起了斗争的希望。"

我的爸爸乔华建转头看着我，带头鼓起掌来。在这一刻，我忽然想妈妈了，她还在地球上养病，要是她也在这里该多好。

不过，看样子，她应该很快就能继续她的研究了。

玛丽亚·克莱恩博士随后分享了她这10年来的思考和研究进展。她谈到了一些尚未公开的理论，探讨了暗生命与引力场的关系，以及黑洞文明对宇宙结构的潜在影响。

在她的带动下，许多其他科学家也开始提交他们这些年秘密研究的成果。会上讨论的内容逐渐从原本的探讨变得更加广泛与深入。这些研究、理论和实验成果，像拼图一样逐渐勾勒出一个更宏大的图景，展示了暗生命与黑洞文明更深层的奥秘。

为了系统化这些研究，我爸爸乔华建和李维的爸爸李政共同提出：会议结束后会将这些研究成果汇编成册，形成一本全面且深入的论文集。这本论文集将公开出版，它不仅是一项学术成就，更代表着人类对暗生命和黑洞文明的首次集体探索，它将成为后续研究的重要参考文献。

会议结束之际，作为主持人的玛丽亚·克莱恩博士邀请我们三个人上台发言。我们彼此交换了一个会心的眼神，然后默契地推举了孙怡作为我们的代表。

她站起身，长长的头发垂落肩头，显得特别从容。她走上台，微笑着将头发撩到耳后，显得既自信又平静。面对着台下众多顶尖科学家和学者，她没有发表长篇大论，也没有展现任何夸张的情绪，只是轻描淡写地说了一句：

"谢谢各位亲爱的前辈和老师，我们不会停下来，我们还会继续努力的！"

她简短而有力的发言瞬间让会场气氛变得轻松而坚定，大家纷纷微笑点头，这个时刻确实不需要更多的语言，继续前行的信念足够打动人心。

毫无疑问，这场会议极具挑衅性，然而，黑色石板自始至终保持沉默。

会议结束后的好多天里，所有人都对它保持了高度的关注，时刻期待它是否会再次发出信号。

但它依然沉默。人们心情变得复杂，有人感到庆幸，觉得暗生命也许不再监视我们了；但也有人感到失望，担心我们已经失去了与这个超文明之间的联系。

时间一天天过去，半年过去了，黑色石板始终没有任何动静。它仿佛再次沉入了宇宙的沉默之中，不再与人类互动。

越来越多的专家开始认为，暗生命已经对人类的行为不再感兴趣，或许他们的目的已经达到，不再对我们构成威胁。

在这种心态下，全球范围内开始重启核聚变技术及其他前沿科技的研发。人类原本就已初步突破核聚变技术，加上这10年来人工智能技术的巨大进步，在AI辅助下，核聚变技术突飞猛进，在仅仅几个月的时间里就造出了远比当年首个核聚变反应堆更强大的装置。

我每天都会跟妈妈视频通话，她的精神状态越来越好，她现在每天兴致勃勃地去实验室工作，抑郁症完全好了。

在未来的数年中，人类的科技开始了可怕的突飞猛进。

核聚变能源的强大能量密度使得宇宙飞船可以飞得更快、更远、更久，彻底突破了传统航天动力的限制。

随着这些技术的逐步成熟，人类的宇宙探索边界不断扩展，不再局限于近地轨道或火星这样的近邻。

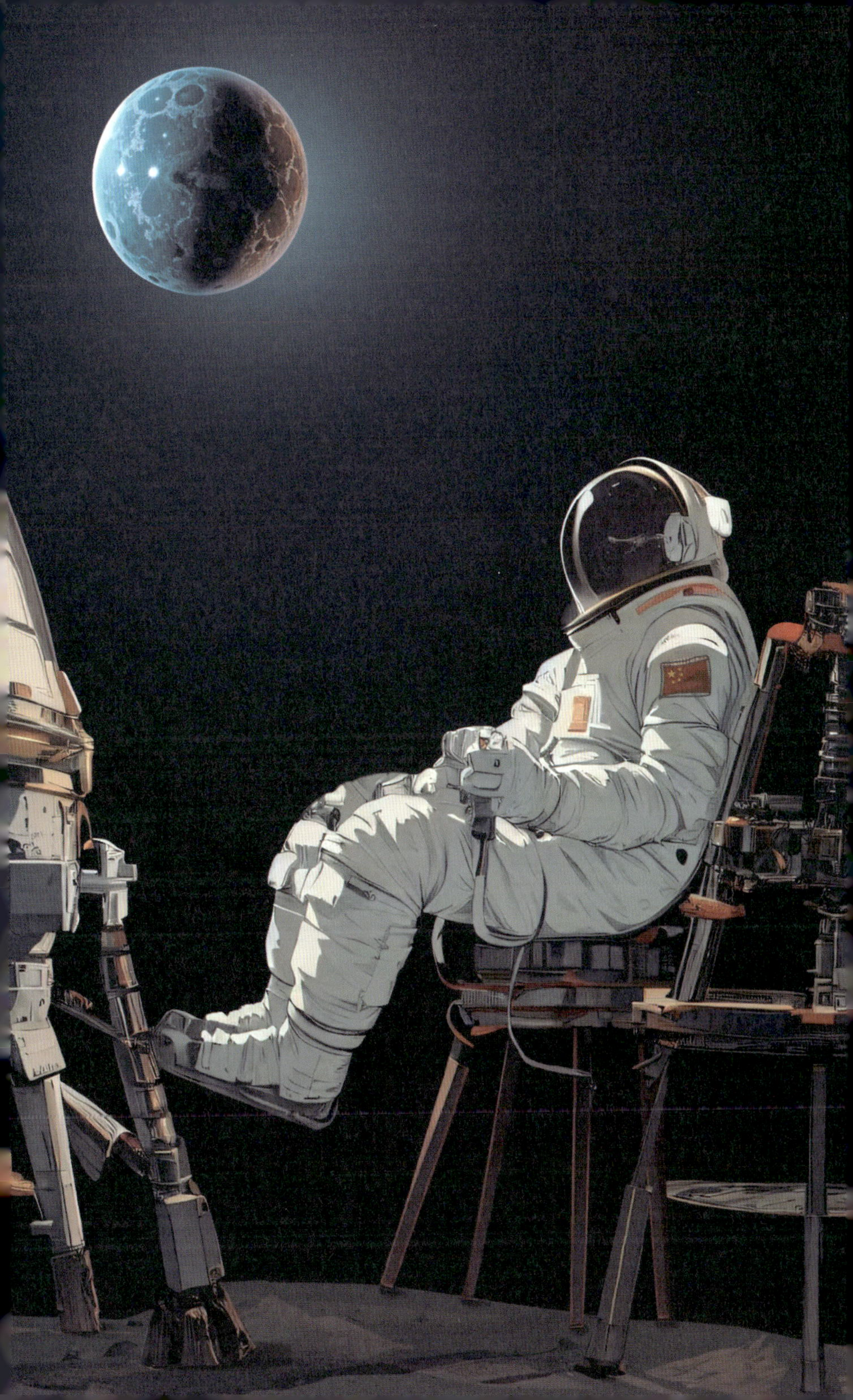

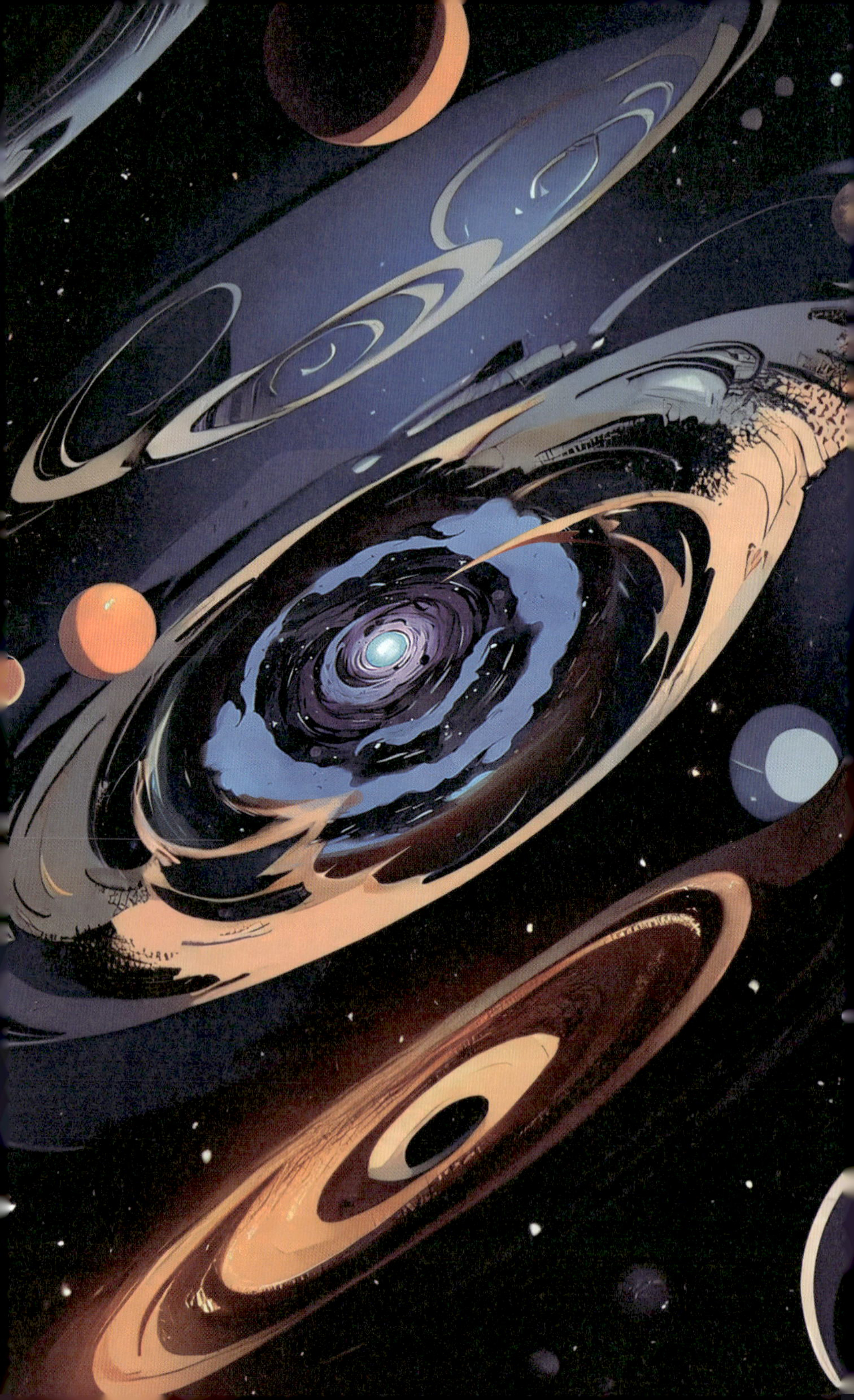

最初，人类以木卫二为探索起点。木卫二作为拥有液态海洋的冰卫星，一直是人类探索外星生命和外太空环境的重心。在核聚变航天器的支持下，人类可以更频繁地前往木卫二及其周围的卫星群进行科学研究和矿产开发。

自此，人类的航天器不仅实现了对木星系统的稳定勘探，还以此为跳板，向更远的太阳系天体拓展。

土星的卫星群成为下一个目标，尤其是土卫六，因为其浓密的大气层和潜在的碳氢化合物湖泊，成为人类未来长期发展的首选移民行星。在那个遥远的行星上，人类不仅建立了科学探测站，还开始利用该地区的资源，为进一步深空探索提供支持。

随着技术的不断推进，更远的海王星也进入了人类的探索视野。

人类的宇宙飞船终于抵达太阳系最遥远的边缘，在海王星上设立了探测基地，进一步揭示太阳系边缘的神秘面貌，为未来更远的星际航行奠定了坚实的基础。

此外，还有更惊人的突破，人类对戴森球技术的研究也进展迅速。随着科技的突破和工程能力的提升，人类似乎离这一壮举越来越近了，如果有人告诉我50年后就能实现对太阳的戴森球框架建设，我一点儿也不意外。

尽管这些科技成就与暗生命的黑洞文明相比仍然显得渺小，但若与人类自身的历史发展相比较，毫无疑问，这已经是日新月异,天翻地覆的巨大进步。乐观的情绪再次回归,许多人重新燃起了对未来的希望与自信。

多年前与暗生命的那次可怕接触,随着时间的推移,这场噩梦渐渐变得模糊,人类对黑洞文明的恐惧也逐渐被新的成就和发展所掩盖。

那段历史,对大众来说,仿佛只是过去的一段遥远记忆,类似一则上古的神话传说,被人类重新叙述成为可以被理解与接纳的"故事",它出现在各种文学与影视作品中,被人们随意消遣,越来越不在意,直至遗忘。

"但是,"李维多次对我抱怨,"我们现在所走的路,不就是暗生命走过的道路吗?难道走向黑洞文明是所有生命进化的终极形态?我不相信,也不喜欢。"

"兄弟,"我拍拍他的肩膀,"相信我,我也不喜欢。"

孙怡没有说话,但朝我们撇了撇嘴,她更不喜欢这样。

12　新生命

一转眼，许多年过去了。

时间对人类这种生命太残酷了，显得太快了。

35岁这年，我和孙怡结婚了。

我们在一起有些相依为命的感觉。要不是那个悲剧事件，还无法促使我们迈出这一步。

五年前，李维选择参与一项极为危险的任务——前往冥王星，试图揭开这个遥远星球的生命奥秘。

尽管木卫二和土卫六一直被认为是太阳系中最有可能发现生命的地方，但迄今为止，所有的探测任务都毫无结果。有一些科学家提出假设,认为冥王星在其大平原下方的液态海洋中,可能隐藏着某种未知的生命形式,尤其是冥王星距离太阳十分遥远,本应该是全部冰封的,但它地下液体竟然存在不冻现象。这种理论吸引了李维的注意,他作为宇宙生物学家,执着于寻找那些隐藏在未知世界中的生命。

那是一个让我终身难忘的日子,李维和他的团队乘坐宇宙飞船前往冥王星。他们满怀期待与希望,然而任务最终却以飞船失事告终。飞船坠入了巨大的冰川裂缝,跟基地完全失去了联系。这次灾难彻底摧毁了我和孙怡的内心,我们的世界瞬间崩塌。

失去李维,让我们陷入了巨大的悲痛之中,整整几年里,我们都在对抗着这种无法愈合的伤痛。

我将德国诗人伊凡·哥尔的一首诗认认真真地抄写在卡片上:

悲哀的鱼住在
古代的海洋中
畏惧鱼类的上帝。

其间我们用我们的桨
梳理年轻的波浪,
粉红色的山丘舞蹈

如圣经中的山丘

在泡沫之马群上摇动

一股轻风。

在我们古代的眼睛上

一朵金色的微笑：

然而一种悲哀的恐惧却住在它的下面。

这是李维生前最喜欢的一首诗，他曾对我说："我们就像是那长着古老眼睛的鱼，但也许，我们能用这古老的眼睛发现更加古老的生命。"我感动极了。李维有着我向往的完美人格，他总能在绝望的时刻，让我们充满希望。

我躲开孙怡，自己一个人来到观景台。我要把抄录这首诗的卡片烧了，以古老的仪式来祭奠李维。

曾经，基地是严禁烟火的，但现在随着技术水平的提升，别说火苗了，就是一堆篝火，也掀不起什么风浪。这里的空间环境越来越接近地球了，以适应人类的身体健康。

我点燃了卡片，这是我第一次在基地里边看见真实的火苗。

火苗燃烧着，火苗的背后是苍白的太阳。这火苗好像是太阳丢失的日冕，它会跟太阳系乃至宇宙的万事万物进行量子纠缠。

因此，我相信，李维会在死亡后的量子世界里收到我的信息，他将成为那片古老海洋中最年轻的波浪。

随着时间的推移，内心的伤口慢慢开始愈合。尽管那创伤给我们留下了不可磨灭的疤痕，但我和孙怡终于从痛苦中走了出来。

这时，我们发现，彼此成了对方唯一的依靠和慰藉。

于是，我们决定携手一起生活。

我们的婚礼在月球基地的观景台上举行，那是一个对我们来说满载回忆和情感的地方。当天，我的父母和孙怡的父母都来了，作为我们人生中最重要的见证者，他们的到来让这个特殊的日子更加充满温情。孙怡穿着一袭洁白的婚纱，长长的发丝垂在肩头，脸上带着含泪的笑容。我心中充满了感激，这场婚礼是我们共同走过苦难之后的一种新生。

李维的爸爸妈妈也应邀参加了我们的婚礼，尽管对他们来说，这无疑是一个充满复杂情感的时刻。李维的爸爸李政一直是基地里非常重要的科学家和领导者，我对他十分熟悉，一直以来对他充满敬意。他在我们的婚礼上送上了最真挚的祝福，语气里充满了宽容与深情，但我看得出来，那些沉重的情感一直萦绕在他心中。

当仪式进行到一半时，李维的爸爸忍不住开始流泪。他的肩膀微微颤抖，随后就失声痛哭，情绪彻底崩溃。那一刻，所有的压抑与悲痛都在这个特殊的场合中涌现出来。看着他无助的眼泪，孙怡也忍不住流下了泪水，我的眼眶蓄满了泪水。我们虽然在此刻庆祝新的开始，却无法忘记那段过往的伤痛。

婚礼的气氛从喜悦逐渐转向了一种深刻的怀念和情感交织的状态。李维仿佛从未离开，他依旧在我们心中。特别是在他父母面前，那种情感变得更加无法抑制。最后，我和孙怡都流着眼泪，在眼泪与微笑中完成了我们的婚礼。

那一天，我跟孙怡的喜悦都与对李维的回忆交织在一起，李维成了我们婚礼的不在场的在场者。

结婚后不久，我和孙怡很快迎来了我们的第一个孩子，是个男孩。

我们深思熟虑后，决定给他取名：乔一维。

这个名字不仅为了纪念我们三个人的友谊，更是象征着我们的共同理想。"一"和"怡"是谐音字，"一维"也代表着一个前进的方向：我们始终要向宇宙的纵深处挺进。

乔一维承载了我们的希望，他代表了"月球孩子"的延续与新生。

在我们的悉心照料下，乔一维可谓茁壮成长，才刚刚学会走路，就已经显露出他活泼、调皮的一面。

早晨的时候,他会笑嘻嘻地跑到我们面前,用他那双大大的、闪闪发亮的眼睛注视着我们,仿佛在期待我们带他去探险。他的小手总是紧紧握着他最喜欢的玩具:一个柔软的小宇航员人偶,这是孙怡专门为他做的。

他跌跌撞撞地走到我面前,伸出小手要抱时,我总是忍不住笑着把他抱起来,对他说:"小宝宝,你是'月三代',月球基地的未来,以后就靠你啦。"他在我怀里开心地拍着我的脸,咯咯笑个不停。那单纯的笑声让我的心瞬间柔软起来,所有的工作压力和科研难题似乎在这一刻都被抛到了九霄云外。

很多次,我正在忙着整理研究资料,乔一维突然扑腾着跑了过来,一边摇摇晃晃地走,一边兴奋地喊着:"爸爸,爸爸!"他手里抓着他的小宇航员玩偶,模仿着飞船起飞的声音。我笑着蹲下身来,伸手接住了他。

孙怡看着这一幕,温柔地笑了笑:"你看他,和你小时候真像,对宇宙充满了好奇。"

我低头亲了一下乔一维的小脑袋,笑着对孙怡说:"他以后一定会成为比我们更好的科学家。"

孙怡轻声叹息:"我只希望他能够有个快乐的童年,别像我们,背负了那么多责任和期待。"

我点了点头,笑着回答:"放心吧,他的路会由他自己决定的。但无论如何,我都希望他能继承我们的梦想,继续探索宇宙的奥秘。"

我们互相对视了一眼,心里充满了对乔一维未来的期待与憧憬。乔一维依然在我怀里开心地笑着,完全不明白我们在说什么。

他现在的世界里只有快乐、玩耍和无尽的好奇心。

乔一维作为月球基地第三代"传承人",点燃了我心中的梦想火焰。他不仅承载了我和孙怡的期望,也延续了李维未竟的梦想。

每次注视着他那双充满好奇的眼睛,我心中都会升起一种责任感,我知道我不再只是为了自己的科研梦想而奋斗,而是为下一代的未来,为给乔一维和无数像他一样的孩子创造一个更加清晰、稳固的未来。

结婚一年后,广寒宫基地任命我为首席科学家,组建全球最优的科研团队。我接受了任命,全力以赴投入研究工作中,尤其是沉浸在对希格斯玻色子的研究之中。这是我研究方向的一次重要拓展。

希格斯玻色子是非常奇特的基本粒子,人们常常称之为"上帝粒子",它的发现改变了我们对宇宙运作方式的基本理解。它通过自己的场赋予其他粒子以质量,仿佛是万物的源头。

我总是反复思考,这粒子背后是否隐藏着更大的秘密。暗物质、暗能量、宇宙加速膨胀……这些现象与希格斯玻色子之间，是否存在着某种我们尚未发现的深刻联系？每次我想到这些问题，心中那种科学家的直觉就越发强烈，我感觉自己可能在接近某个突破点。

另外，不得不提的就是暗物质。这一谜题，仍然是当代物理学中最具挑战性的问题之一。它看不见、摸不着，却充斥着宇宙的每一个角落，影响着星系的运转，控制着宇宙的扩展。在我的推算中，希格斯玻色子的场可能与暗物质的粒子存在某种相互作用，而这种相互作用，或许正是揭开宇宙加速膨胀之谜的关键。

一天深夜，实验室里只有我一个人，屏幕上显示着一串复杂的粒子数据，这是我收集到的银河系内的希格斯玻色子的空间分布情况。数据太多，我的眼睛微微发酸，但我越看数据，心中越是兴奋。

我发现了希格斯玻色子在空间分布上的一些异常波动。经过深入分析后，这些波动都指向了人马座A黑洞。

这让我感到，或许这背后隐藏着关于暗生命及其黑洞文明的重要线索。

这个发现让我无法抑制内心的激动，我急忙记录下我的推测。我看了一眼时间，此时正是地球西半球的白天，我立刻将这一发现告诉了玛丽亚·克莱恩博士，她是人马座A黑洞方面最权威的研究专家，尽管她现在已经65岁了，但在生命科技的养护下,思维依然很活跃,我上个月刚刚看到她发表的一篇论文,就获得不少启发。我们保持着非常紧密的互动,尽管我比她小很多岁,但我们像是老朋友一般了。

她立刻回信说:"宇,你的想法或许揭示了一个新的突破口。我们必须面对面仔细探讨。"

事不宜迟,我与玛丽亚·克莱恩以最快的速度,戴上脑波头盔和VR眼镜,直接在虚拟空间的会议室里碰面。

我们简单打过招呼后,我便给她看我这边屏幕上的各种粒子数据,并告诉她我的思路。

"玛丽亚,这种与希格斯玻色子产生相互作用的物质,你觉得有可能是暗物质吗?"我盯着屏幕上的波动数据,内心充满不安,但也带着一丝兴奋。

希格斯玻色子会赋予其他粒子以质量,而现在,它在银河系中央似乎被大量消耗,但并没有新的恒星或其他物质生成。某种神秘物质正在与它产生主动的相互作用,仿佛被某种生命意志所驱使。

玛丽亚凝视着数据,手指轻轻在屏幕上滑动,沉思了片刻,缓缓说道:"看来暗物质还是被我们低估了……它有自己的世界。这些波动太有规律,显示出某种目的性。这意味着,暗物质中可能存在生命形式,而且这些生命的科技水平很可能远远超越我们所能想象的。"

我听到这句话，心跳加速，试图消化这个令人震惊的推测。

在一般观念里，暗物质仅仅被认为是一种无法直接观测到的质量组成，它通过引力影响着星系和宇宙的演化。然而，现在我们必须面对一个更加深刻的现实：暗物质不仅仅是一种物质形态，它可能也可以是智能生命的栖息地，并且这种生命可能已经掌握了操控希格斯场的能力。

"您说得对，"我叹口气说，"这意味着，我们过去对暗物质的理解几乎全错了。我们一直以为它只是一种不参与电磁相互作用的死寂物质，但现在看来，它只是不被我们能理解的一个世界，在它的内部，也拥有一切，包括生命。"

玛丽亚的表情变得更加严肃，摘下眼镜，用力盯着我，语气中带着沉重："也许正是因为暗物质生命的存在，暗生命——你知道，我们之前接触的那个黑洞文明——他们也许遇到大麻烦了。我猜测，一种活起来的暗物质生命正在破坏黑洞文明赖以生存的宇宙秩序。"

听到这里，我的心中掠过一丝复杂的情感。

暗生命这个强大到掌控黑洞的文明，我们曾经仰望他们，视他们为无所不能的神一般的存在，居然也会面临生存的困境，我很有些恍惚。

"如果这一切是真的，那他们会不会重新与我们联系？"我低声问道,观察着玛丽亚的表情,"还是说,我们应该主动去帮助他们?"

玛丽亚没有立刻回答,实验室的空气仿佛凝固了。她的目光穿过数据,仿佛在思索一个前所未有的抉择。

"我们必须谨慎。"她终于开口,语气沉重,"这不仅是关于我们对暗生命的重新认识,也是对整个宇宙中更深层次力量的窥视。我们可能又多了一个更强大、更复杂的敌人。"

我们对视一眼,知道人类的未来将要面对更大的危机,而宇宙的奥秘远比我们的终极想象还要深邃。

13 遗漏的重要方面

我失眠了一整夜,辗转反侧,不断回想着我们最新的发现和这些潜藏在暗物质中的危机。天亮时,我终于忍不住将这一切告诉了孙怡。

她刚醒来,眼神还带着一丝倦意,但当我把情况讲述完毕后,震惊在她脸上显露无遗:"这……太可怕了!"她有些绝望地喊道,"这是暗生命之后的又一种暗生命,在这宇宙中到底隐藏着多少我们看不见的生命啊!"

我抱住她,轻拍她的脊背,让她冷静下来。

孙怡沉默了许久,然后冷静下来,迅速做出了决定:"小宇,我们必须重新启动与黑色石板的通信。"她的眼神无比坚定，语气中带着不容置疑的决心。

"小怡，你确定吗？也许他们再也不会回应我们了，也许他们会恼羞成怒，转头攻击人类……"

"我知道这很危险，"孙怡用一种风暴眼中的平静态度说，"但我们不能袖手旁观，你也知道，暗生命再强大，可他们和我们的生命还是有着同样的物质属性。如果暗物质中的那些未知生命胜利了，那么不仅是黑洞文明，还有整个我们现存的世界，都将彻底毁灭。"

她的话犹如一把利剑直击我心底，我无法再继续辩解。

也许我只是怯懦罢了。

但我深知，如果那些暗物质中的未知生命体吞噬了暗生命，摧毁了他们的黑洞文明，那么整个宇宙的物理法则将被改变，到了那时，银河系会全部散架，人类彻底消亡。

"那就联系他们吧。"我轻声说。

孙怡点了点头，深吸一口气："我们对他们发出信号，让他们知道我们已经明白了他们的困境。"

"就我们俩？"我说，"要不要再叫一些科学家？"

"不用叫了，越快越好，就咱俩。"孙怡说着把乔一维递给机器人保姆，它会负责把乔一维带到月球幼儿园去。

今时不同往日，月球上的孩子越来越多了，有专门的学校，不再像我们三人那样野蛮生长。我抓紧时间，使劲亲了一下乔一维的小脸蛋,他咯咯笑个不停,用稚嫩的声音说:"爸爸,什么时候带我去观景台玩儿?"

"明天就去!"我握起他的小手,跟他拜拜。

我和孙怡坐电梯下到地下通道,坐进核聚变提供动力的超级汽车里,向实验室飞快驶去,心情比以往任何一次都沉重。

那块黑色石板安静地躺在实验台上,表面依旧光滑如镜,没有一丝变化,仿佛从未参与过任何事件。

我们重新启动了与黑色石板的通信系统,四周的设备低声嗡鸣着,我们全神贯注地等待着黑石板的回应。

看着它,我感到一种庄严的敬畏。

自从我们上次与暗生命接触,已经过去很多年了,黑色石板一直没有带来任何新的信息,但它还在那里,就像沉默的证人。

这一刻,我感到时光倒转,似乎回到了童年,回到了多年以前的初次通信现场。那时,我、李维和孙怡还是懵懂无知的孩子。

但这一次通信,意义更加重大:整个宇宙的命运都在等待着这次回应。

无比复杂的情绪犹如蚁群咬噬我的心。

几分钟过去了,屏幕上没有任何变化。实验室内所有人都屏住了呼吸,仿佛连空气都在等待一个未知的答案。就在我们逐渐开始感到失望的时候，突然，屏幕上的数据波动剧烈起来。黑色石板终于发出信号了！

"他们……"孙怡的声音都有些哽咽了。

"是的，他们回应了！"我拍了拍她的肩膀，用头顶了顶她的头，就像我们小时候那样。

你们对我们的研究相当深入，已经大致勾勒出了我们的生命与文明。

屏幕上跳出了这句话，简洁而直接。

孙怡深吸一口气，满脸凝重地问道："那你们……不再干涉我们的发展？"

接着，新的信息闪烁出来：

你们的文明已经成熟，做好了应对更大挑战的准备。

这句话仿佛一声巨响，震撼着我们的神经。所有人都沉默着，沉浸在这种不可思议的对话中。我们得到了他们的认可，我们不再是那个受控的种族，而是获得了某种宇宙级的信任。

我不禁回想起过去的那些年，那些关于三篇论文的争论和发展。李维、孙怡和我在那个黑暗而迷茫的阶段，拼尽全力撰写出我们的研究成果,没想到正是这些文章让我们获得了他们的认可。

然而,紧接着的消息让我们再次陷入震惊。屏幕上的字句似乎带着冰冷的直白:

> 宇宙的加速膨胀确实引发了暗物质生命对我们的攻击。我们即将失去对宇宙膨胀的控制。我们会被撕碎。

"是的,正如我们推测的那样。"我接话,心跳加速,"你们跟暗物质的接触与反噬,正是这场危机的核心。"

"这是一场宇宙级别的危机,而不仅仅是你们的困境。"孙怡对着黑色石板喊道,仿佛那里就坐着暗生命。

"也许,他们不再干涉我们不是像他们刚才说的:因为我们的文明成熟了,"我转头对孙怡说出了我的疑虑,"他们无暇顾及我们,是因为他们忙于应对更大的威胁。"

孙怡还没来得及回应我,屏幕上显示出他们的最新信息。

这段话令人完全意想不到:

> 但你们的研究遗漏了非常重要的方面:我们怀念曾经拥有的脆弱身体,那美好而短暂的存在。失去了身体,尽管拥有了无尽的自由,却也失去了生命的纯粹快乐。

这段话让我和孙怡陷入了深思。

他们作为如此高级的智慧体，拥有了无限的能力，却在怀念脆弱的身体。

孙怡是研究人类文明的专家，她以往跟我强调"人性"这个概念的时候，我总是把握不了。因为我是物理学家，在我的领域，全部的概念都需要数学公式来描述，以及科学实验来证明。人性这概念，显然无法在我的领域获得证明。但此刻，我一下子就想起了她反复念叨的人性。

我看了一眼孙怡，她意味深长地看着我，然后说："身体是束缚，却平衡了生命与自然的关系。"

"小怡，你说得太好了，我也终于悟到了：人既有神的属性，又有动物的属性，这就是你所说的人性吧？"我叹口气。

孙怡微微点头："正是身体的这种脆弱和局限，赋予了生命以真正的意义。身体的限制也是文明的一部分，而暗生命，他们失去了这种限制，现在，更大的限制到来了，是宇宙级别的。"

我深深感到震撼。

"曾经我们以为超越肉体是进化的最高境界，"我连连叹息说，"但现在看来，这种超越也带来了无法挽回的失落感，而且，所谓的超越，也只是阶段性的，总有更大的天花板在前边等着。"

"是的,他们在提醒我们,身体和灵魂,限制与自由,都是不可分割的。"孙怡低声说,泪水顺着她的脸颊流了下来。

我们仍有肉身,仍能感受痛苦与快乐,这或许是人类文明的珍贵之处。而暗生命,他们虽然掌握了宇宙的力量,却失去了那些最基础、最原始的情感。

这一刻,我感到,我的所有研究不仅在探寻宇宙的奥秘,更在探寻生命的真正意义。而我们的身体——或许正是这场探索中的关键一环。

14 迷失的外来者

这一次，与暗生命重新取得联系的消息传回地球后，人类社会理所应当地再次掀起了轩然大波。

不过有意思的是，这次的反应与过去大不相同，不再是恐慌和忧虑，而是前所未有的欢呼与兴奋。

全球各地的人聚集在广场、教堂、寺庙，还有家中的屏幕前。各种社交媒体平台、新闻频道及人们的讨论都在疯狂地传播这个消息。人们欢欣鼓舞，仿佛他们信仰的神灵终于回应了他们的祈祷一般。无数人高呼着"暗生命"这个名字或"黑洞文明"这个概念，把他们当作宇宙的守护者和智慧的化身，觉得这次回应就像是得到了某种更高力量的认可。

"他们回应了我们！"有人喊道，"这就像圣迹重现！我们的文明终于被宇宙的主宰者承认了！"

"这简直是神迹！" 个年轻人在广场中央激动地喊道，他的眼中闪烁着狂热的光芒，"我们崇拜暗生命，他们不是一个遥远的概念，而是一个真实存在的力量，他们在看着我们！"

而让我和孙怡始料未及的是，整个人类社会对于暗物质中存在的诡异生命体，却几乎没有足够的关注。那些对暗物质生命的研究和讨论，充斥着过于艰深的科学理论，在欢呼声中被完全掩盖了过去。几乎没有人提起这些潜在的威胁和危机，就连在科学界内部，也有许多人选择了保持沉默。

"人们真的不在意那个暗物质生命体吗？"我有些难以置信地问孙怡。

她通过影像直播，看着人群中狂欢的场景，摇了摇头，带着些许无奈地说道："恐怕是的。对他们来说，暗物质生命更像是一个无法触及的神话传说，甚至有人把它当作笑话。现实与信仰交织在一起，恐惧似乎被狂热的崇拜掩盖了。"

我和孙怡看着视频里欢腾的人群，不由得陷入了复杂的心情。

曾几何时，暗生命的强大与威严让全人类感到深深的敬畏和恐惧，而现在，它们的存在却成了一种精神寄托。人们对隐藏在暗物质中的真正危机选择视而不见。

我叹了口气，低声说道："当科学与信仰交汇的时候，理性总是显得那么脆弱。也许，这就是人类的本性吧。"

孙怡轻轻握住我的手，坚定地说："不管世人怎么看，我们的研究不能停下。暗物质生命对我们来说，可不是什么传说，它是真实存在的威胁。无论有多少人愿意相信，我们都要继续追寻真相。"

我点了点头,我知道,新的战斗才刚刚开始。

这天,孙怡对我说:"要不然从今天开始,咱们就住在实验室里?"

"要这么狠吗?"我愣了一下。

"这样可以全天候跟暗生命保持通信和联系,他们那边可没有什么白天和黑夜。"

"有道理,那就听你的!"

我们在实验室的角落里摆放了简易床铺。我把睡衣递给她,说:"我们目前的首要目标是要全面掌握暗生命的来龙去脉,补全我们对他们研究上的盲区。"

"有道理。"她深吸了一口气,像是运动员在做赛前准备。

凌晨3点30分,我忽然被信号声吵醒,我揉着眼睛起来查看,心想肯定是哪个仪器有问题了。我打开屏幕看了一眼,却发现是暗生命发来了信息,我瞬间清醒了,赶紧叫孙怡一起来看。

只有你们俩,很好。扰动也是一种能量,扰动越大,反噬也越大。

孙怡赶忙说:"好,我们知道了,今后就只有我和乔宇与你们联系，我们会尽量减少外界带来的干扰。"

"现在只有我们俩，你们就多说一些吧，大胆说，我们顶得住。"我朝着黑色石板喊道，然后，我先问出自己觉得最重要的问题，"在暗物质生命的攻击下，人类和你们一样危险，因此你们需要和我们合作，对不对？"

对。

"那你们可以随时响应我们的呼叫吗？"我迫不及待地说。过了一会儿，他们回应了：

可以随时联系，但你们必须想清楚最重要的问题再来问我们。我们的回答言简意赅，不是因为我们不懂人类的礼貌，而是因为每次联系都会消耗巨大能量。即便我们拥有黑洞的巨大能量源作为依托，也必须格外谨慎地使用这些资源。尤其是我们的力量正在变弱的现在。

他们这段话让我们感到了一种悲壮。我们此前总以为他们联系我们是随心所欲的，就像人类对待一只蚂蚁，可现在意识到，他们再强大，也还是一种生命，生命的力量总归是有限的，要服从于宇宙的总能量守恒。

我握起孙怡的手，坚定地对黑暗生命说："我们一定会珍惜每一次提问的机会，会用最严肃、最认真的态度来面对这些问题。"

他们这次发来的信息有些多，估计消耗了大量的能量，很久都没再回应我们。看来，他们也需要积蓄能量，换句话说，他们也需要休息，只是跟我们的休息方式不一样罢了。

"我们住在实验室，真是一次最英明的决定。"孙怡转头冲我微笑着说。

"但现在最困扰我的问题你猜是什么？"我问孙怡。

"让我想想，"孙怡想了一会儿说，"你是在想他们为什么要跟我们合作？"

"没错！"我激动地说，"我们如此渺小，科技如此落后，他们愿意和我们合作，显然我们具备一种重要的力量，但这种力量是什么呢？该不会真的是这个脆弱的身体吧？"我拍拍自己的胸膛，里边的心脏在无助跳动。

"现在都说不好，"孙怡理了理头发说，"任何可能性都是有的，他们比我们更了解我们。"

"那么，事不宜迟，我们现在就来思考我们需要知道的最重要的问题。"我已经穿好衣服，坐在了实验室的椅子上。

"今晚不睡觉了吗？"孙怡笑道。

"你要困的话，你睡，没关系的。我是睡不着了。"我无奈地耸耸肩。

"那我也不睡了,我陪你一起想。"

孙怡把我们的睡具整理好,拿来了食物,我们边吃边想。我们仿佛回到了十几岁的青春时代,精力充沛,随心所欲。

我和孙怡思来想去,认为既然暗生命如此配合我们,我们的首要目标是找到黑洞文明在宇宙中诞生的起源:它从银河系的哪个行星上诞生的,又如何成为现在的形态,这是我们需要的关键性信息。一方面可以更加深入地了解他们,另一方面对人类的未来发展也极有参考价值。

在与暗生命的进一步交流中,他们没有隐藏自己的起源问题,而是全盘托出。只不过,这再次震碎了我们的宇宙观,为我们揭开了一个无人能想到的真相:暗生命的根源甚至不属于我们所知的这个宇宙。

根据暗生命的描述,他们的文明最初发源于一个与银河系很像的星系,他们的"太阳"跟人类的太阳一样,也位于星系的边缘地带。在那里,他们的行星系统围绕着一颗巨大的恒星运转,这颗恒星比太阳更大,周围的行星数量更多。他们居住的行星名叫"利布",这颗星球的质量和地球相似,位置也恰好处在不冷不热的宜居带上,拥有适宜有机生命发展的条件。

那时的他们还不能叫"暗生命"。他们一开始也是碳基生命，拥有柔软而脆弱的身体，就跟人类现在一样。他们在利布星球上蓬勃发展，从碳基演化成硅基，逐渐成为一种恒星级别的文明。正如李维所描述的那样，他们的探索最终指向了宇宙最深邃的谜团：黑洞。他们意识到，如果能利用黑洞的引力场，他们不仅能掌握操控能量的能力，还能在黑洞的引力场中享受流速缓慢的时间，这让他们能够更深入地思考和探索宇宙的奥秘。

他们足足用了5000万年的时间，才获得了掌控附近小型黑洞的能力。又过去500万年，他们获得了能够驾驭大型黑洞的力量。于是，他们瞄准了自己星系中央的最大型黑洞。

为了适应那里的可怕环境，他们的生命体也不断升级演化，最终成为一种暗生命体。

然而，当他们蜕变成暗生命，真正与大型黑洞的引力场共存之后，他们却发现了一个极为诡异的现象：他们发现自己所熟悉的星系消失了，取而代之的是一个完全陌生的星系。一开始，他们认为这是黑洞造成的虫洞效应，可能让他们从母星系穿越到了另一个星系。

他们用最先进的技术对宇宙进行了探测——远远超过人类所能探测到的930亿光年的宇宙范围，但他们依然没有找到曾经的母星系。

他们难以置信，随着更深入的研究，他们逐渐意识到，他们不是经历了虫洞那样的时空穿越，而是一次无法理解的宇宙穿越。他们已经不再处于原本的宇宙，而是通过黑洞进入了一个全新的宇宙。这正是银河系所在的宇宙。他们知道了宇宙是多重结构的，感到极为惊恐（他们大多数跟身体有关的感受都消失了，惊恐却保持了下来，因为这种感受有利于生命趋利避害的本质），他们试图重新返回过去的宇宙，但发现这个过程是不可逆的，任他们怎么努力，也不可能颠覆这个限制。于是，他们只能把这个宇宙当成是自己的新家园。

在新宇宙中探索很久后，他们的注意力最终还是回到了他们所在的银河系。他们发现只有银河系跟他们的母星系在很多方面有相似之处。特别是，当他们扫描到太阳系时，他们被地球的存在深深震撼了。他们发现，这颗行星的环境与他们的利布星球有着惊人的相似之处。这时，地球上还没有任何生命的迹象。他们一直监测着地球的变化，目睹了地球上从诞生单细胞生命到人类文明的大爆发。我们觉得这个过程很漫长，但对他们来说，就像我们看电脑游戏里的文明崛起一样。

用他们的原话来说就是：

你们人类就像我们的童年，我们看着你们，就像在看我们自己。

如果说，他们观察人类一开始出于警觉，但随着观察的程度越来越深，他们有了越来越强烈的代入感，因此，当他们看到人类开始掌握核聚变技术，他们感到了惊恐。他们不是怕人类成为他们的敌人，人类文明的层次比他们低了太多太多，他们假如要毁灭人类，一个想法便已足够；他们只是不想人类走他们的老路，最终连自己的宇宙家园都丢失了。关于此前宇宙的那些记忆一直伴随着他们，哪怕他们变成了神秘的暗生命。生命的有些内核，比如惊恐，比如记忆，是没法随着演化而去除的，反而为了生命的强大，要强化这些内核。

经过一番思考之后，他们决定联系我们，而且要以我们能够理解和接受的方式。这就是月球上黑色石板的由来。

当人类听从了他们的话，只在太阳系内进行安全发展，他们便不再干涉。

可是，就连他们也没想到的是，他们跟人类的这次联系，犯了一个宇宙级别的大错误。

15 多元孪生的宇宙

我和孙怡记得暗生命的话：扰动也是一种能量，会造成反噬。因此，我们尽可能在一种保密状态下工作。但是，对于那些关键性的科学发现，我们经过深思熟虑后，还是决定传达给地球上最重要的科学家们。

我们明白，这些知识和见解会彻底改变现有的科学观念，尤其是当我们决定将暗生命的起源及他们所经历的宇宙穿越事件公布出去，这定会引发一场革命性的新思潮：科学理论都得推倒重来，科学史将会重写。

果然，全球的科学家在得到这些信息后震惊不已。我和孙怡通过影像传输，看到了无数物理学家脸上显现出的那种困惑和失落的神情。

一位年长的理论物理学家悲伤地说道:"这……这完全颠覆了我一生的研究。所有的方程、假设,所有努力求索出的宇宙模型,一点价值都没有。"他的声音有些颤抖,眼神中透露出无比的迷茫,仿佛整个世界都在他面前瓦解了。

但并不是所有人都陷入失落的情绪。一位年轻的天文学家兴奋地站了起来,眼中闪烁着希望的光芒,他专门来实验室拜访我们,并对我们说:"这真是太不可思议了!这和我一直以来持有的多元宇宙论很相似,虽然我没能把它明确地构建出来,但现在我应该可以做到了!"他笑着补充道,"这将开启物理学研究的全新时代!"

也有很多理性的声音。尤其是月球基地里边的科学家,如我的父亲乔华建,孙怡的父亲也是我的岳父孙建安,还有李维的父亲李政,他们虽然上了年纪,但他们的观念一直保持开放。正如李政说的:"如果这是真的,那我们过去对宇宙膨胀、大爆炸甚至黑洞的所有认知,可能都只是一种'局部的真理',就像牛顿力学面对相对论一样,多元宇宙理论让我们看到了宇宙的更多可能。"

"我建议,大家先不要说多元宇宙论,"我父亲乔华建充满理智地说,"毕竟暗生命只穿越了一次,还不能称之为'多'。"

我们笑了起来，但我支持他的想法，科学就应该严谨。就我所知，暗生命目前也没有探知到第三个宇宙的存在。

这段日子，孙怡认真地记录下科学家们的反馈。她叹气对我说："我早就知道，这样的知识会是双刃剑。对一些人来说是毁灭，但对另一些人来说却是重生的机会。"

"既然你早就知道了，还记录这些干什么？"我对她笑着说。

"这些都是文明史的一手资料呀，我不像你，能掌握那么艰深的物理学理论，我没有太大的梦想，我的梦想就是为人类写一部文明史。我要把这些年来的各种剧变梳理出来，既要有宏观的结构，也要有微观的细节。"

我当然知道她在做资料收集，原本想跟她开个玩笑的，没想到她怀着这么大的理想，却一直瞒着我，而且不是刻意瞒着我，是她自己也没当个多大的事。我想到这一层，觉得特别感动，干净把头扭了过去，不让她看到我的表情。

"你干什么呢？"她觉察出我的怪异。

"鼻子忽然不舒服，想打喷嚏。"我糊弄过去了。

"你要多注意休息，现在可不能生病。"她起身倒了杯水递给我。

暗生命联系人类，为什么是他们犯下的大错？这是我和孙怡

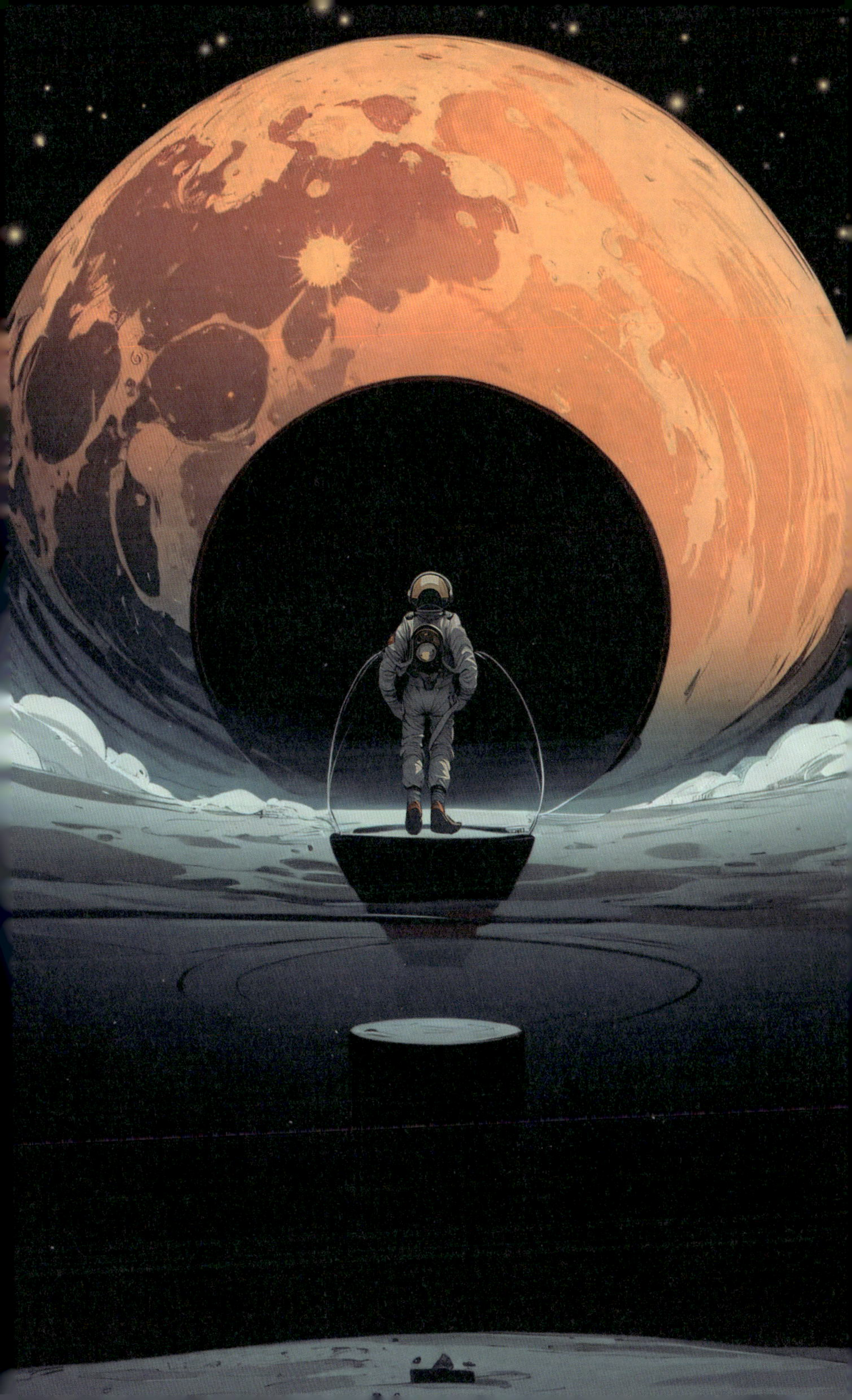

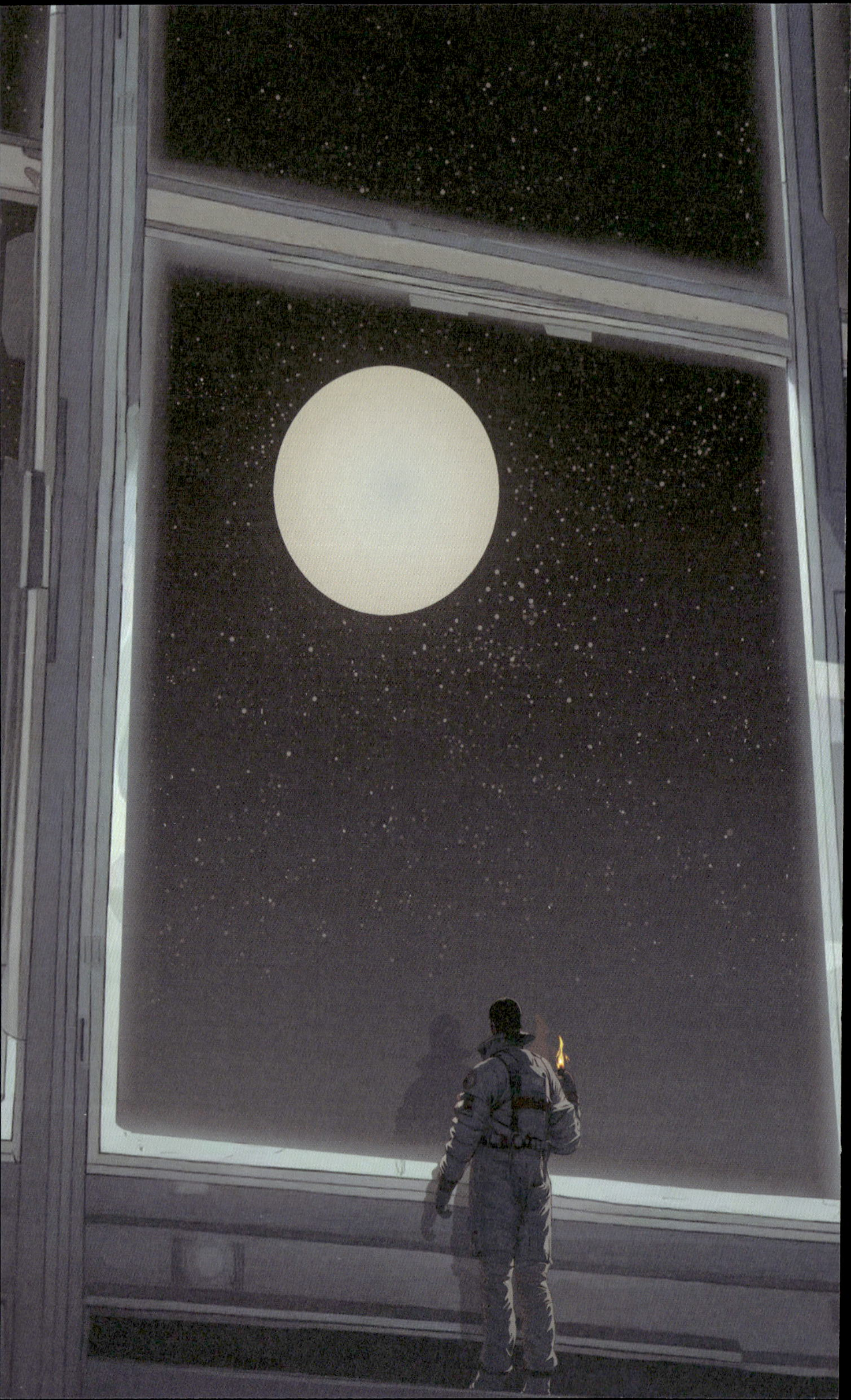

现在最关心的问题。我们在还没得到确切答案的时候,不敢把这个信息透露给其他任何人。

那天,暗生命的原话是这样的:

> 我们现在所处的困境是我们自己造成的,这是我们应得的惩罚。

这句话既冷静又复杂,尤其是那种忏悔的态度,根本不像是一个能够掌控超级黑洞的强大生命所说的。

孙怡忍不住问道:"你们是说,你们认为现在的危机是因为你们与人类的接触造成的?"

屏幕这边沉默了一会儿,然后显示出了如下信息:

> 是的,当我们决定与人类沟通并发送黑色石板,我们就违背了宇宙的规则。但我们当时不知道这个规则。

"这个规则是什么?"我激动地站起身来,走向黑色石板,仿佛这样能离他们近一些。

这次他们没有迟疑,很快在屏幕上显示出一行文字:

> 宇宙本身就是一套深具智慧的伟大系统,而我们干预了

宇宙的自然观察进程。

原来，暗生命在他们此前的宇宙中也从没有发现或遇见过任何其他生命。他们在那个宇宙成为超级生命之后，陆陆续续搜索了千万亿个星系，都没有发现生命存在的迹象。他们完全不理解，这么浩瀚的宇宙，为什么只在他们的星系、他们的行星利布上诞生了生命？这不符合最基本的科学常识。

很显然，这也是我们人类的疑惑。就像是著名的费米悖论：20世纪50年代，物理学家恩里科·费米突然想到，鉴于宇宙的广阔和古老的年龄，理论上应该存在大量的外星文明，但为什么我们至今没有发现任何确凿的外星生命迹象？这个问题引发了无数科学家的思考。对人类来说，直到在月球上发现黑色石板，才首次确认地球以外是存在生命的。

暗生命同样被这个悖论所折磨。

当他们通过超大黑洞穿越到我们这个宇宙时，发现这个宇宙和他们原来的宇宙一样，也没有任何其他生命的存在。这完全击溃了他们对宇宙的想象，因为他们成了两个宇宙中的唯一生命，这太不合理。

宇宙的荒寒与沉寂让他们感到难以理喻。

直到他们观察到了地球这个独特的行星，终于看到了生命的诞生，看到了人类文明的崛起，这一发现让他们感到了一种真正的慰藉，重新燃起他们对生命的信心。

正因为如此，暗生命才会如此关注人类，将如此多的精力投入对人类的观察中。他们对人类的态度早已超越了科学观察，而是寄托了一种非常复杂的情感，希望从人类身上找到他们曾经失去的、属于生命的体验与情感。进而，对他们而言，人类文明代表了生命的一种可能性，可以配合他们探寻生命存在的终极意义。

终于，当人类掌握核聚变技术的时刻，他们无法再作为冷静的旁观者了。他们出手了，向人类发送了黑色石板样子的联系物。

那个时刻不仅是人类首次接触到地外生命，实际上也是暗生命与其他生命形式的首次接触。

暗生命其实也不知道接下来会怎么样，他们设想了很多种会带来复杂效应的后果，但他们认为自己所掌握的科技能力是足以应付的。

不过，人类文明还非常弱小，他们也担心这种做法会导致人类文明的发展受挫。因此，他们在人类不再发展核聚变技术之后，便选择了彻底沉默。即便我、李维和孙怡的研究成果惊动他们的时候，他们依然没有立刻联系。他们想继续观察人类，干涉应该越少越好。

但非常巧合的是，当暗生命知道我们三个人对他们的研究论文之后，从来不参与任何信息交换的暗物质忽然变得奇怪起来。某种不明确的暗物质粒子跟希格斯玻色子有了反应，使得后者开始大量减少。黑洞附近本来就有大量的暗物质，因此物质开始大量湮灭，黑洞引力场开始变弱，宇宙开始加速膨胀。

暗生命从千万年的进化中学到了一点，那就是宇宙中实际上没有巧合。大量看似巧合的事情，其背后都有着相对应的原因和规律。可他们这时才认识到一个重要的现象：无论是利布星球，还是地球，都是一个被精心设计过的"生命观察场所"。为了这个场所，恒星的行星系统，乃至恒星所在的星系系统，都是与众不同的。

我承认，当我得知他们这样的观念，我快要疯狂了。我问出了一个非常重要的问题："那你们是觉得有更高维度的生命在设计宇宙和观察一切？有更高维度的生命吗？在四维五维六维空间？"

不确定。

当这三个字出现在屏幕上，我一下子站起身来，使劲揉着眼睛，我不敢相信自己的眼睛，以为自己看错了。这是跟他们交流这么久以来，他们第一次表露出他们的无知。在此之前，我的每一个问题，都会得到很饱满的解答。

我不知道该说什么好，他们这次很主动说明：

我们无法确定有没有更高维度的生命，我们再强大，永远也只能属于三维空间。对于现在干涉我们的神秘力量，有两种可能：1.有高维度生命，他们在干涉；2.宇宙本身就有自我调节的方式，这种自我调节对我们便是干涉。

我若有所思地轻声说道："宇宙当然可以自我调节，但现在的方向是宇宙会走向大死寂，也就是毁灭，你们觉得宇宙是在进行自杀式调节吗？"我这番话说得有些狠毒了，但这的确是我的最大困扰，我便不管不顾地说出口了。

孙怡递给我一个态度复杂的眼神，算是安慰吧。

暗生命没有正面回复我的问题：

宇宙不止一个，我们不能用有限的思维去理解它的无限。我们误以为自己可以掌控和理解这一切，但这只是我们的过分自负。

"看这个意思，他们过去还真把自己当神明了。"孙怡对我说。

"每个宇宙可能都是一套极其精密的观察体系，我们宇宙的物理规律是这样的,而其他宇宙的存在也许有着完全不同的法则和起源。是不是这样?"我把头转向黑色石板,向暗生命继续追问。

我们倾向于认可你的这种假设,但问题在于,我们此前的宇宙和这个宇宙的规律及物理参数是一样的。

眼看着我们对于宇宙的理解有所拓展,乃至有可能有所突破,但暗生命说两个宇宙虽然不同但规律一样,这让我们的思路陷入了死胡同。就在我一筹莫展之际,暗生命的信息又来了:

我们刚刚已经以人类无法理解的方式,证明了宇宙是一个被精心设计的生命观察场所,此前这还只是我们的一个假说。而且,我们已经发现:这个世界的确是由多元宇宙构成的,每个单一宇宙的周围还遍布着孪生的宇宙。尽管单一宇宙具有相对的独立性,但它的诞生与死亡都会影响周围的宇宙。我们便来自你们的孪生宇宙。请注意,这不是你们人类的平行宇宙假说。

我和孙怡手拉着手,相互依靠,长时间注视着屏幕上这些信息量巨大的话,脑海中反而一片空白。

16 最沉重的邀请函

暗生命这一次表现得非常慷慨,应该是怕我们不相信他们的信息,所以他们不仅给我们提供了关键的观念模型,还给出了人类科学家所能理解的数理方程。我们把这些方程迅速发送给地球上最重要的科学家群体,科学家们立刻组织了一流的实验团队,开始着手验证这些理论。

实验结果令人惊叹。

通过对数学方程的计算和观测数据的比对,发现这些方程确实符合实际,揭示了宇宙运行的深层机制。所谓的大爆炸理论、膜理论及平行宇宙理论,在这些新方程的基础上得到了重新的解释,并且它们有效的部分完全可以与多元孪生宇宙理论兼容。多元孪生宇宙理论是对人类文明发展的指数级提升。

我照例向暗生命传达了人类对他们的感谢,他们没有就此回复,我们早已习惯了这样。他们回复客套话,会浪费他们的能量。但我们确实太高兴了,所以每一个科学家来到我们实验室,都会对黑色石板说谢谢,有人甚至还伸手去抚摸那块石板,觉得它是一块神圣的神石。

又是一个深夜,我和孙怡刚刚准备睡觉,暗生命忽然发来信息。

你们对我们表达了那么多感谢,我们相信你们是真诚的。

我和孙怡看到这句话后,不禁笑出声来。暗生命居然第一次回复感谢的信息,为了人类的道德,他们也开始损耗能量了。

孙怡朝黑色石板笑道:"我们当然是真诚的。我们感谢你们,是你们让我们对宇宙的认知在很短的时间内拓展到了最高级。"

那边没有动静了,我们觉得他们就是在表示感谢,毕竟他们从没表示过,按理说,也该表示一次了。这么想着,我们便躺下睡觉了。

但我闭上眼睛后，总睡不踏实。我隐隐觉得他们作为那么高的智慧生命，不可能就因为回复感谢而发送信息。

果然，过了一会儿，新的信息来了。我们现在设置了提醒功能，只要暗生命的信息来了，无论什么时候，都要发出提醒。

我让孙怡继续睡，我起身观看：

> 你们曾说要跟我们合作，愿意帮助我们，你们现在还愿意吗？

我不假思索地说："当然愿意呀，早都告诉你们了，我们和你们是一体的，拥有同样的物质本质，同在一个三维空间里。"

他们的回复很快：

> 如果你们想要真正地了解我们，唯一的办法就是成为观测者。

这句话让我感到困惑与惊讶。"观测者？"我喃喃自语，低声重复了一遍，脑海中飞速转动着。

"观测者？"不知何时孙怡也起来了，站在我旁边，她的眉头微微皱起。

暗生命的信息如浪潮涌来：

宇宙的本质是一种观测状态。只有当存在观测者时，宇宙才会赋予其确定形态。就像你们人类所熟知的双缝干涉实验，当没有观测时，光波会表现为波动模式，而一旦有观测者介入，光就会显示出粒子的特性。

"光的双缝干涉实验我知道，"孙怡看着我说道，"那他们的意思是，观测者能够改变宇宙的方式……这也太神奇了吧，难道是因为，观测才能使宇宙显现其存在，而在无观测状态下，宇宙可能只是混沌未明的能量体？"

"嗯，他们是这个意思，尤其是在量子力学领域，这其实是常识，观测的存在一定会扰动事物原本的状态。不过，相比于他们，我们人类文明的观测能力还很弱。"我沉吟着说。

"对呀，都是他们在观测我们，从单细胞诞生到人类文明的现在，他们一直在观测，现在让我们成为观测者，这可能吗？"

屏幕闪烁了几下，信息又来了：

在宇宙层面，生命跟观测者是一个意思。人类本来就是观测者，而且是这个宇宙选定的观测者。

我和孙怡对视了一眼，意识到这里边的内涵太丰富了。

"他们究竟是什么意思呀？"孙怡有些慌张了，"人类作为观测者有什么我们不知道的超级能力吗？"

"我怎么听着像是他们邀请我们观测研究他们呢？"我轻声说。

"还用邀请？这不是天天在研究他们？"

这时，他们的谜底终于揭晓了，信息像瀑布一样轰隆冲出：

我们已经证明了宇宙是多元孪生的，但我们对其他宇宙的性质是无法了解的。

我们和你们的宇宙是孪生宇宙，所以我们已经明白，这两个宇宙各自只允许诞生一个观测者。

人类是地球生命体系的代表，是这个宇宙的观测者。而我们是利布行星生命体系的代表，是另一个孪生宇宙中的观测者。

我们进化成暗生命体，误入了你们的宇宙，因为两个宇宙规律一样，因此我们并没有损失什么，反而可以继续升级。

我们的出路应该是继续升级文明，突破孪生宇宙的架构，从而进入其他宇宙，甚至创造自己的宇宙，成为真正跨宇宙级别的文明。

但是，我们犯了一个宇宙级别的错误：就是联系了你们，干涉了这个宇宙的观测者，从而触动了这个宇宙规则的改变。

我们思考了很久，终于找到了解决的办法：就是邀请人类观测者前来我们的文明进行观测。因为你们是这个宇宙的观测者，你们的观测会让宇宙恢复平衡状态：暗物质会停止作用，宇宙膨胀也会放缓。

经过计算，只能来一名100千克以下的人类。我们将为此耗费自身文明三分之一的能量储存，根据质能转换定律，我们的质量也将减轻三分之一，我们将失去对人马座A的控制，重新坠入黑洞，我们有很大概率会重新返回原来的宇宙。

请相信，这就是我们想出来的最好方法。

我和孙怡看得目瞪口呆，我们反复看了好几遍，彻底明白了他们所说的意思，也彻底勾勒清楚了整个事件的来龙去脉，以及宇宙的真相，仿佛一幅巨大的拼图终于在我们眼前拼合完整。

孙怡的眼中既有恐惧，也有某种激动，她轻声说道："这就像是一封来自宇宙最深处的邀请函。"

我们再次将目光投向屏幕上的信息，感到那种无形的压力越发沉重。

毫无疑问，这一定是人类有史以来收到的最为沉重、最为神秘的一封邀请函。

此时已经是凌晨4点25分,我和孙怡决定先睡一会儿,等明天上午上班时,将情况上报给基地,然后在全人类当中商议此事。

"只能去一个人的话,谁去好呢?这也太危险了。"孙怡翻来覆去睡不着,忍不住小声说,"很可能有去无回,而且就算是回来了,因为我们跟黑洞之间的巨大时差,这个人回来也是几百年后了,跟亲人不可能再团聚的。"

我拍拍孙怡的手,安慰道:"别多想了,这是大事,肯定要经过层层选拔的,我们赶紧休息吧,每天这样熬夜,身体吃不消。"

孙怡在我的安慰下慢慢睡去。

但我自己却毫无睡意。

我的第一直觉就是暗生命会选我做观测者。我现在是最了解他们的人,也是物理学相关领域的顶尖专家,只有我去做这个观测者才是可行的,其他人根本没法承担观测者的任务。

想到这些后,我的心情坠入谷底,不,坠入黑洞的无限深渊,那滋味难以形容,痛苦、绝望与责任交织,让我五内俱焚,一时浑身是汗。我小心翼翼地让身体离孙怡远一点,免得她发现我的状况。

作为一名物理学家，我一直以理性和逻辑为信仰，冷静地面对科学难题和未知的宇宙规律。然而，这一次，当我面对这样的挑战，理智却似乎无法完全压制住内心的恐惧与抗拒。

"为什么是我？我能不能想办法不去？"我在内心一次又一次地问自己。

明明我只是一个普通的人类，我虽然在物理学领域有一些成就，但我不过是个凡人。而且，这一去，不知道是否还能回来，不知道是否能看到孙怡和乔一维的笑脸。啊，不是不知道，我分明知道，如果去了，就注定不会再见到孙怡和乔一维了。

我利用物理学知识简单计算了一下，即便我瞬时抵达人马座A，逼近黑洞的事件视界，观测一个完整的地球日，也就说是24小时，我再瞬时返回月球，根据相对论的引力时间膨胀方程，人马座A的质量是太阳的450万倍，那地球上已经过去几万年了，而不是孙怡刚刚说的几百年。

几万年是什么概念？到时人类都不知道是什么样子了。我感到一阵无法遏制的孤独感袭来，让我的心脏生痛。

我甚至想到了自己这短暂的一生，其实也没做什么事情。科学家所追求的，难道不就是去探索那些未知和神秘的领域吗？如果我能观测暗生命的黑洞文明，回来后肯定能带领人类的科技发展飞速提升。

我唯一放不下的，还是家人和朋友。为了自己所爱的人，我不能主动站出来，但是，为了科学家的使命，我又不能拒绝。因此，我做了一个决定：先在全人类范围内选拔，如果有其他合适人选，没有亲人，不惧生死，那我就在后方支持他。但如果最后别人都不合适，我便承担起这份重任，不再有任何犹豫。

做出决定后，我一下子释然了。我转身看了一眼孙怡，在微光中只能看到她脸颊的轮廓，还是跟少女时一模一样，但实际上，我们已经一起走过了几十年的人生道路。我轻轻触碰了一下她的脸颊，然后睡了过去。

17　撕心裂肺的告别

随着"观测者邀请函"的消息传遍整个科学界,媒体大肆报道,公众也终于意识到了人类文明正面临的巨大挑战和责任。对许多人来说,这就像是他们一直信仰的神突然在流血,而人类竟然是能够帮助"神"的存在。这种发现让他们在震惊之余,也体会到了一种从未有过的力量感。我们竟然是宇宙的观测者,居然能够在某种程度上去拯救暗生命,这一事实振奋了那些在末日氛围中用寻欢作乐麻痹自身的人。

尽管我们已经知道,相关事件的扰动会为身陷困境的暗生命带来负面影响,但此刻,我们已经顾不得这些了。我们必须发动全人类参与,因为这不仅是暗生命的危机,也是我们人类命运的拐点。

为了选出最适合的人类观测者，在地球、月球及火星等移民基地，全面展开了一场大规模的选拔活动。

选拔活动第一条就会告知本次活动的高风险性，但令我和孙怡感到震撼的是，人们的热情超乎想象。报名者当中有孤独的老人，他们失去了亲人，想为人类的未来贡献最后的力量；也有怀揣梦想的年轻人，愿意为科学奉献一切，他们坦言，即便这是一次"有去无回"的旅程，哪怕永远无法返回地球，他们也愿意为了人类的生存而踏上这条路。

我们仔细筛选了所有的报名者，最终确定了100人。

这些人代表了不同的年龄段、国家和种族，但他们有一个共同的特点：他们都在物理学或相关科学领域有深厚的背景，且展现出了对人类未来的强烈责任感。这100个人承载着无数的期待和希望，每一个人的背后都有他们的感人故事。

我们将这100人的详细资料汇总后，传递给暗生命。我们所有人都屏息等待，等待着暗生命的回应，等待着他们最终的决定。

孙怡握住了我的手，我能感觉到她的手微微发抖，而我也不由自主地屏住了呼吸。

一分钟后，一串数据流出现在屏幕上，暗生命很快就回应了：

这些人都不合适,只有乔宇合适,他懂我们,也懂宇宙。

孙怡双腿一软,晕倒在我怀里。而我早预感到了这一刻,等到这一刻真的到来,我努力保持住了镇定。但我内心还是如飓风吹过,那是一种濒临死亡的荒凉感。不过,孙怡的晕倒反而让我从那种状态中挣扎出来了。为了孙怡及家人,我不能显露出自己的畏惧。

当孙怡被医护人员带走之后,我向公众宣布:

"没问题,我愿意接受这次任务。"

夜深人静之际,我一个人在实验室,跟暗生命做最后的沟通。很多情况都跟我想的一样:身体量子化,瞬间来回,观测时间为一个完整地球日。

我希望他们让我的观测点距离人马座A不要太近,离得越远,"时差"越小,我争取回来之际人类时间只过去几十年,还能看到亲人。

"我能否只在距离黑洞表面一光年外的地方?"我问道。我希望他们能够同意,这样的距离能够保证"时差"在十几年内。

一光年显然不行。太阳距离太阳系外围的奥尔特星云就是一光年，可你们人类现在还没抵达奥尔特星云。

我们真正的活动场所位于黑洞表面以外百分之一光年的区域内。经过计算，观测点必须位于距离黑洞十分之一光年的区域内，用你们的距离表示便是9460亿公里内。

"为什么你们不能动一动？你们难道没有行动能力吗？你们不是超级文明吗？怎么非要固守在那个小范围等我去？"我有些气急败坏，因为这个距离会造成百年以上的"时差"，这依然是我无法接受的。

因为一旦我们离开那个范围，你就不再是观测者，而是被观测者了。宇宙就是如此残酷，你必须距离我们足够近，直至暂时成为我们。

我掩面而泣，知道这是不可更改的了。

等我情绪稳定后，我向他们提出了一个请求：在踏上最终的旅程之前，帮我抵达冥王星，我希望找到李维的遗体，将他带回月球。

你不用去，在太阳系内移动事物，对我们来说非常简单。你现在就按照我们的指引行动。

我按照暗生命的指引，戴上脑机头盔，躺在黑色石板上。忽然，我就置身在冥王星上，那种感觉跟真实毫无二致。我置身的是一道冰封的大峡谷，抬头看天，太阳只是一颗微弱的光点，散发着冷淡的光芒。而巨大的查龙卫星悬挂在空中，带来了可怖的压迫感。周围的一切都是冰冷而静谧的，仿佛时间在这片荒凉的土地上彻底冻结。

我向前走了几步，便看到了被冰封的鲸鱼号飞船，我打开舱门，看到这种极端环境将李维的遗体保存得栩栩如生。他仿佛只是沉睡在这片冰冷的世界里，脸上甚至还保留着生前那一抹勇敢坚定的表情。我的手轻轻触碰到了他的脸庞，内心翻涌起对故友的无尽回忆，那沉潜已久的悲伤再度如海浪袭来。

我默默发誓，不会让李维的探险精神就此终结。

等我醒过来后，我发现李维的身体已经出现在实验室里了。这时，情绪稍微稳定一些的孙怡正好来到实验室，她看到李维的身体，再次受到了强烈的刺激，惊呼一声，一下子坐在地上。

李维的身体回到月球基地后，消息一传开，整个广寒宫都"炸锅"了。人们从各个岗位赶来，争先恐后地想要再看一眼这位勇敢的少年。是的，李维将永远都是少年。人们看到这个少年之后，泪水都止不住地流，哭得稀里哗啦的。

李维体内的干细胞结构还是完好的，我有了一个大胆的想法：可以用他的细胞克隆一个新生命。我把这个想法告诉了李维的父亲李政。李政眼中闪烁着泪光，沉默了片刻，最后缓缓点头说："等这个孩子出生了，就叫他李恒吧，恒久不变的'恒'，因为李维的探险精神是永恒的。"

我没想到李政一下子就想到那么远，名字都想好了。我更加感动了，连连说好："李恒，好名字，李叔，您有孙子啦。"

李政走过来跟我紧紧拥抱在一起，对我说："小宇，你是李维最好的朋友，我也一直把你当成自己的孩子。"

"请您一定节哀。"这一刻，我觉得自己在代替李维拥抱爸爸。

在取得李维的细胞之后，广寒宫的科学家们经过慎重讨论，决定将李维的身体放入一个特制的液态氮容器中冷冻保存。这个决定充满了对他的敬意与爱意，希望能让他在冷冻中保持完整，如同沉睡在这座遥远月球基地的守护者般，永远安详地长眠下去。

当液态氮慢慢充盈整个容器时，现场的人都屏住了呼吸，静静地看着这一幕，眼中流露出无尽的怀念与敬意。

从那天起，李维的这座冰封的液态氮容器，成为广寒宫基地的勇气象征。

办完李维的事情后，我知道，我无法再逃避了。

我已经给我的父母写好了告别信。我的爸爸乔华建年纪大了，他去地球陪我妈妈张丽秀了。他们知道我要去当观测者，也都哭着跟我影像连线。我说："不要哭，我们一起吃顿饭吧。"他们下厨包了饺子，我和孙怡也包了饺子，我们戴着VR头盔，如同在家一般，一起吃了顿饭。我看着他们，心中充满了不舍和沉重的爱，我避免谈论这次旅程，还给他们讲述了对宇宙的最新研究成果。不如就让这顿饭成为我们最后的美好记忆吧，我想把这些温暖留在心中，而不让离别的苦涩破坏了它。我对自己说，也许这是最好的告别方式。有些话，永远不说才是最好的道别。

最后的时刻到了。

我望着孙怡和乔一维。孙怡的脸上写满了不舍和悲伤，而乔一维还在她的怀中嬉皮笑脸地闹着。那一刻，整个世界仿佛只剩下我们三个人。我努力保持镇定，试图在表情中隐藏内心的挣扎和不安，但当我的目光落在孙怡脸上时，我的内心像被撕裂般疼痛。

孙怡的眼睛已经红了，她强忍着不让泪水流下来，但我知道，她比任何人都要感到痛苦，包括我。

她一步步靠近我，终于再也忍不住，泪水像决堤的洪水般涌出。"小宇，你一定要回来，"她哽咽地说，"不管多久，我都会等你！"

"好的，你放心，我尽快回来！"我努力笑了笑，但笑容里带着无法掩饰的苦涩。我在心中默默对她说："小怡，如果我真有能回来的那一天，这人间可能已经是沧海桑田了。你们可能已经不在，我可能连乔一维都认不出了。唉，谁能理解这种撕心裂肺的痛苦呀！"

乔一维站在旁边，紧紧抓着我的衣角，他年纪还小，虽然听不懂我们大人所有的谈话，但他敏锐地感觉到了气氛的沉重。那双充满童真却略带茫然的眼睛盯着我："爸爸，你要去哪里？你会很快回来吧？"

听到他稚嫩的声音，我的心一阵抽痛。我蹲下来，与乔一维平视，努力用最温柔的声音对他说："一维，爸爸要去很远的地方，可能很久才能回来，你要听妈妈的话。也许……也许我们再见面的时候，你已经长大成人了。但无论发生什么，记得爸爸永远爱你。"

乔一维似懂非懂地点了点头，他用小手擦了擦眼泪，然后倔强地说："爸爸，你一定会回来的，我和妈妈都会等你。"

这句话仿佛是一道光，点亮了我心中的最后一丝希望。即使面对无尽的黑暗和未知，我也不想让这希望熄灭。我把乔一维抱在怀里，感觉到他的体温和心跳，这一刻的感觉那么真实，而我知道，这可能是最后一次我能这样抱着我的孩子。

孙怡最后一次紧紧抱住我,我能感觉到她的身体在剧烈颤抖。我没有说话,只是紧紧地抱着她,仿佛想把她的温度烙印在我的心里。

然后,我让他们回家去了,只剩下我一个人独自留在实验室里。我不希望任何人看着我离开,任何人的在场,都会让我更加难以割舍。

我屏蔽任何杂念,按照暗生命的提示,走到那块黑色石板前,慢慢躺在了上边,冰冷的触感从背脊蔓延到全身,我深吸一口气,闭上了眼睛。

18　成为他们

我原以为这次的旅程会像之前去冥王星那样，犹如一场真实的梦境。但抵达人马座A黑洞彻底颠覆了我的所有认知和感受。

当我看到那450万倍于太阳的巨型黑洞时，我原以为自己会惊吓致死，但实际情况还好，惊恐感是有的，但似乎转化成了一种奇异的能量。

原本属于我的那些感知，那些极端的恐惧和孤独，在我失去身体之后，都发生了质的变化。身体是我和世界连接的桥梁，现在这座桥梁消失，我的感受被释放出来，变得无边无际。

我不再需要担忧呼吸、温度、重力这些人类的生理需求，反而感受到了黑洞的力量，犹如人类面对大地的那种感受。当我重新注视黑洞时，竟然生不起丝毫恐惧了，那不是因为我勇敢，而是因为此时的我，不再是脆弱的人类个体。

忽然，我被一种结构所束缚。我立刻意识到，此刻，我成为暗生命的一员。在那个瞬间，我感受到无数个体同时在向我打招呼，而我能够立刻同时回复他们，与他们进行信息交流。

这种交流并不是依赖语言或者符号，而是通过纯粹的能量和意识的流动来完成。

每个个体都有独特的存在方式和意识特征，而我可以在一瞬间就捕捉到他们的独特性，他们也是一样。

每一个暗生命的个体状态，就像是每一个音符在交响乐中自成一格。

我虽然是单独的个体，却能随时随地融合进"集体意识"，进行信息交换。每次融合进集体意识，我都能感到一种前所未有的归属感，这就是他们的家园。

在个体与整体间自由转换的状态，就像是一场永不停息的舞蹈，每一个个体都是舞者，我们在同一个舞台上互相呼应，彼此默契。而整个舞台则是以大黑洞为中心的宇宙万物，在这舞台之中，生命与能量在不断交融、壮大。

人类经常把自由比作飞翔，那是人类对重力和物质世界的感知。在这里，只有运动本身。运动可以漫无边际，也可以在瞬间完成。

我可以在意念一动间抵达银河系的任何地方。于是，我专门抵达了太阳系。我第一次这么清晰地看到太阳系的全部，所有的结构都是敞开的，我可以同时看见全部的事物，包括人类。我想看见孙怡和乔一维，但我被一种力量阻止了。我转而想要发送信息给他们，集体意识瞬间通过了我的想法，我的信息立刻发送了出去，我一下子看到了我熟悉的实验室，里边的人正在研究我的信息，他们欢呼起来。我想多看他们一会儿，看看我的亲人和朋友，可我又被一种力量给牵引走了。

我来到黑洞附近，感受到那浩瀚引力的拉扯和能量的涌动，那是一种难以形容的归属感，就像依偎在一个巨大的能量源旁边，有着最深层的安全感。

在黑洞的强引力场中能够获得无比超然的观测视角。

我能感觉到此刻的自己被时间和空间重新定义。时间在这里变得异常缓慢，我仿佛置身于一个静止的岛屿上，而远方的星系在高速运动。于是，我能清晰地看到它们之间的相互作用，整个宇宙的规律在我眼前展开。

当生命不再拥有身体形态时，所有的物质需求也随之消失。

这里不需要制造工具、建筑或其他依赖物质身体的物品。在这里，创造是直接操控能量，选择各种基本粒子进行重组的过程。他们完全诠释了所有的一切都只是能量和质量的不同形态。

最让我震惊的是，暗生命的时间和能量都用于研究宇宙，但他们完全不需要人类那样的实验室和设备。对他们而言，整个银河系就是他们的实验室，星云、恒星、黑洞都是他们的研究工具。

比如当需要观测非常遥远的宇宙区域时，他们会利用黑洞的引力透镜效应，轻而易举地探测到古老星系的细节。我此刻就看到一个恒星被另一个星系中心的黑洞捕获，黑洞强大的潮汐力使劲拉伸着这颗恒星，然后，这恒星被撕裂成气体，并逐渐被黑洞吞噬。

原来黑洞就是他们的眼睛，就是他们的手臂，就是他们轻盈身体的坚硬骨骼。

他们的生命构成从物质上来说，主要是以光子和中微子为主体。光子的质量为零，只有动起来的时候才有质量，中微子也非常轻，这就是他们能够如此自由不羁的原因。

他们让我重新认识到了生命的本质——

生命便是一种可以跟宇宙进行信息交换的自主结构。

我感受到了能量之间、引力和反引力之间的博弈，那不再是单纯的数据和公式，而是内在于生命的可感知力量。

因此，尽管暗生命如此自由，我依然能清晰地感受到他们那深深的无力感。他们所面临的问题已经超越了人类意义上的战争或斗争，他们所遭遇的挑战是根本性的。

宇宙加速膨胀带来的撕裂，希格斯玻色子消失带来的对未来大冷寂的惊恐，我都感受得极为清晰。

但在我的持续观测中，一种奇迹般的变化确实开始发生了。

我能感到宇宙的加速膨胀和暗物质的侵袭都逐渐停止了。那种即将撕裂的局势被遏制住了，仿佛宇宙自身也在等待着这一刻。

这种变化验证了暗生命提出的观测者理论。当我作为观测者，对曾经的观测者进行反向观测时，宇宙果真回应了。

我完全理解了其中的内在关系——

观测者的觉醒也就是宇宙的觉醒。

而人类是这个宇宙的观测者。

19　换了人间

观测时间到了,我瞬间回到了月球基地。

我睁开眼睛,发现自己躺在一张柔软的床上,房间的光线也非常柔和,仿佛刚刚午休了一会儿,而且是一次极为短暂的小憩,只是做了一场非常奇妙的梦。

那种感觉很美妙,但很快,我的记忆恢复了,我意识到了自己的处境。但我还是心存侥幸,也许"时差"只有十几年呢?我赶紧坐起身来,这是一个陌生的环境,我在这里寻找起来,我要知道现在的时间。

桌上放着一个电子闹钟,我只看了一眼,就浑身颤抖起来。我很快算出了"时差":183年过去了。比我预想得要久太多了。人类社会早已进入一个全新的文明阶段，不可能再是我记忆中的那个模样。我的亲人们还有可能活着吗？

内心的疼痛感如约而至，我双手撑着桌面，以免摔倒。

这时，我看到闹钟旁边放着两张照片，一张是我、孙怡、乔一维曾经照的全家福，一张是一个我不认识的老者。

我看到了一扇门，我走过去，打开门，走了出去。却发现这里的一切都是陌生的，我不知道自己该往哪里去。就在我茫然无措的时刻，听见转角处有匆匆忙忙的脚步声赶过来，那是个女人，一边跑，一边喊："乔宇回来了，乔宇回来了，乔宇回来了。"

那女人来到我面前，我一点也不认识，她问了句："您是乔宇吧？"

我点点头。

那女人喜笑颜开，对我叫了声："爷爷！"

"你是我的孙女？"我有气无力地问道。

"我是您孙子的妻子黎观澜，"她很高兴，"可终于等到您回来了。"

"那我孙子呢？"

"哎，爷爷，来了来了！"从走廊跑来一个年轻的小伙子，眉眼确实有几分像我。

"你叫什么名字？"

"爷爷，我叫乔怀宇。"

"你爸爸乔一维呢？"我的声音放低了，我更不敢提其他人的名字。

"爷爷，看您累了吧，您回屋坐着，我们慢慢聊。"

我确实累了，我的能量早已耗尽。我转身准备进屋，却一下子晕倒在地上。

这一次我睡了很久，等我再醒来时，发现自己睡了三天三夜。我从床上下来，看到自己已经被转移了房间，这里看上去非常新，很显然是专门为我准备的。我起身去卫生间，很快就有一个人形机器人走过来，要搀扶我，这冷不丁的，把我吓了一跳。机器人反复说着道歉的话，轻轻伸出手来扶住了我的腰身，我感到还是很舒服的。

我上完厕所，再细看这个人形机器人，尤其是它的脸，总觉得眼熟，就问道："你的脸是谁的？"

"爸爸，我是乔一维。"

"一维……你？"我想起桌面上那张老者的相片，原来就是我的儿子乔一维。

"生物学意义上的乔一维在51年前过世了，他的记忆都在我这里。"机器人抬手指了指脑袋。

"来，我们好好聊聊。"我坐在了椅子上。

"您想知道什么就尽管问我。"机器人一边跟我说话，一边帮我准备水和食物。

"太好了，我就想跟机器人聊那些我最害怕的事情，因为万一我哭了，你也不会笑话我，我也不会难为情。"

"放心吧，爸爸，我会保密的。"机器人说道。他老是叫我爸爸，我一时分不清他究竟是机器还是人。

"不要再叫我爸爸了，你来讲讲我的亲人们吧。"

"好的，爸爸，啊，爸爸，我没法不叫你爸爸，因为这是我的设定。"

我哭笑不得。

我的儿子乔一维于51年前过世了，活了131岁。我再也没有机会亲眼看着他长大成人。他是一名档案管理人员，业余一直在整理他妈妈孙怡的《人类文明史》的手稿。他在28岁时，跟他的同事吴妙妙结婚了。他们婚后感情甚笃，不想要孩子，便将一枚受精卵储存起来。乔一维在遗书上写明这颗受精卵在自己死后30年进行培育，出生后取名为乔怀宇，以纪念自己的父亲乔宇。这就是我的孙子那么年轻的原因。

我的太太孙怡，83年前就去世了，她依靠生物科技的进步活到了140岁，已经是当时人类寿命的极限了。她主要靠一股意志力支撑着，她想撑到我回来，再见我一面。但我们终究没有再见。

我现在忽然理解了，为什么我在人马座A黑洞时，想看看孙怡和乔一维，却看不到他们，其实他们那会儿就已经不在了。想到这里，我悲从中来，不能断绝。我大声哭了起来，机器人乔一维给我递上纸巾，说："爸爸，请节哀。"

"谢谢。"我哽咽道。

我父亲和母亲是同一年走的，他们原本就同岁，都活了112岁，然后平静地离开了这个世界。他们的墓地居然不在月球，而是在地球上，他们出生的那座小城里。孙怡和乔一维的墓地在月球上。现在月球上专门有一块地方，用来安葬逝者。因为月亮的真空环境，可以让身体永远不腐，所以有些有钱人还专门花钱把自己葬到这上边来。

我还问了好多故人的消息，认识的不认识的，机器人乔一维都会耐心告诉我。我这才知道我的孙子乔怀宇跟我一样，也是个物理学家，他的研究方向是引力的量子化，我很高兴，今后有人跟我一起探讨问题了。我的孙媳黎观澜看上去单纯可爱，没想到是个宇航员，研究兴趣是探索地外生命。我深感欣慰，我暗暗感慨，文明就是靠着这样一代又一代人的接力才不断升级的。人类文明还有漫长的路要走，要走出自己的路，不一定要成为暗生命的那种状态。

我个人的情感得到纾解之后，我让机器人给我讲讲地球文明的发展与变化。说到这儿，我忽然想到一个很重要的东西，急忙

问他:

"那个黑色石板呢?"

"您回来的瞬间,那个黑色石板同时消失了。"这个机器人显然连接着机密芯片,完全能胜任我的学术助理工作,"根据暗生命发来的信息,这样一来,物质交换上也平衡了。他们即将返回原先的宇宙,以后会有很长的时间不能联系了。"

"这是最好的结局。也希望他们能顺利回去吧。从此我们和他们就两不相干,各自在自己的宇宙里发展了。也许,人类以后会去他们的宇宙里串串门。"我叹口气,感到历史终于翻过一个篇章,"乔一维,你继续说地球上的事情。"

机器人乔一维告诉我,这是一个人机结合的新时代,人类的身体与人工智能彻底融合,形成了全新的生命状态。他们不再是单纯的碳基生命,处于碳基-硅基融合共生的阶段。

"我看我的孙子和孙媳妇,他们还是跟我一样的人啊。"

"只是外观看上去跟过去的人类一样,但是基因和内骨骼早都不一样了。他们变得更强,可以适应更严酷的环境。"

"能适应黑洞附近的环境吗?"我想到自己的体验。

"当然不行。但人类正是从您的教导中意识到身体的重要性,所以才要保持人类的这个身体形态。"

"我的教导?"

"是的,爸爸,您拯救宇宙后,就被人类当成超级英雄来崇拜了。"

"这可不好！必须赶紧阻止！"这让我始料未及。

这时，门外响起了敲门声。我心想，人类的这些社交习惯还是没变呀。

机器人乔一维打开房门，一大群人潮水般涌了进来，为首的人热情地自我介绍说："乔宇先生您好，我是广寒宫基地的负责人，我叫李恒宇。"

"李恒宇？李恒是你什么人？李政呢？李维呢？"我激动起来，问出一堆人。

"李恒是我爸爸，李维是我爷爷，李政是我的曾祖父。"他对答如流，如我所料。

我仔细看了看他："你的眉眼很像你爷爷李维。"

"其实，我很想叫您爷爷，您看可以吗？"李恒宇小心翼翼地说。

"当然，这才是你应该叫的。"我大声说。这时，我眼角的余光看到了镜子里的自己，那分明还是一个40多岁的中年人，但我感到自己的心理已经变成老人了。

我确实发现了，周围人看待我的眼神，就像在看一位神祇。他们对我充满了敬畏与崇拜。我提出的任何要求，他们都会立刻答应。

但我的心中只有一个简单的愿望——我想回到我长大的广寒

宫基地，回到那个我曾经熟悉的地方。

他们让我放心，说我工作和生活的地方都保存完好，已经成了一座博物馆。他们怕我不信，还说我读过的书都摆在里边呢，一本是《太空漫游》，一本是《宇宙奇趣》。我说那我就住在博物馆里，让我负责这座博物馆吧，我就是活着的非物质文化遗产。我业余时间可以做研究，我要把暗生命所掌握的物理学原理慢慢用人类的数理语言推导出来，我要把孙怡未完成的人类文明史继续写下去，我还要写一部暗生命的文明史。

所有的人都给我鼓掌，期待我早日完成这些成果。

我带着我的孙子乔怀宇，还有他的太太黎观澜，我们三人通过一条静谧的管道，来到了月球墓地，缅怀我的父母妻儿，以及一切亲人与朋友。我看着那一座座墓碑，思绪仿佛回到了那遥远的过去，回到了我的父母、我的妻子孙怡，还有我亲爱的儿子乔一维的身边。他们每一个人的名字都深深刻在我的心中，如今却只能在这荒凉的月球上隔世相望。我痛恨时间那不可逆转的无情。

乔怀宇为我播放了孙怡和乔一维给我的视频留言。那是我离开10年后的孙怡，她温柔的声音带着些许微笑，而12岁的乔一维则充满着年轻的朝气与对未来的希望。我听着他们对我的祝福与思念，再次感受到那份无法抑制的悲痛与怀念，眼泪忍不住掉落，浸润了这冰冷的月球尘土。

"我奶奶怕你看了伤心，她原计划每过10年录一次，后来就不再录了。"乔怀宇解释道。

"还是你奶奶懂我。"

"爷爷，你放心，以后有我陪你。"乔怀宇轻轻握住了我的手，他的眼神中透出一种沉静的力量，我仿佛在他身上看到了年轻时的自己。

我所有努力的意义，似乎都为了这一刻。

20　手中的太阳

现在的月球基地，科技已经发展到让基地内生活的人可以选择天空的颜色，首选项便是地球上的蔚蓝色，甚至还能出现朵朵白云。那当然是一种特殊的光电玻璃造成的图景。我不会选择那些美景，我只要原原本本的黑色夜空，因为那是我记忆中的颜色，那片无尽的深邃让我时时刻刻感受到真实。

我走到曾经的观景台，它有些破败，不过还能大体看出从前的样子。这个观景台承载着我无数的记忆，我、孙怡、李维，我们仨曾经无数次站在这里，凝视着苍白的月球太阳，谈论着生命与宇宙的奥秘。

如今，只有我独自站在这个地方，太阳仍是那样惨白而炽烈,像是黑色天空的幕布上破了一个洞。当年我们感到太阳的光冷漠无情,现在我却深深地理解到,太阳作为一个恒星,拥有自己的命运和孤独。它那炽烈的光芒不仅是生命的源泉,也是一种宿命的象征。

我感到了一种深深的孤独,宋代文学家苏东坡的那首词《江城子》瞬间冲进了我的脑海,让我泪流满面:

十年生死两茫茫,不思量,自难忘。
千里孤坟,无处话凄凉。
纵使相逢应不识,尘满面,鬓如霜。
夜来幽梦忽还乡,小轩窗,正梳妆。
相顾无言,唯有泪千行。
料得年年肠断处,明月夜,短松冈。

即便我见识了暗生命那么强大的生命形式,但我依然跟古人一样,无法摆脱对生死离别的情感。我现在已经更加深刻地知道了这种情感对于生命来说是非常重要的,是暗生命这样的超级生命已经丢失而渴望复得的无比珍贵的东西。

在泪水的模糊中,我又觉得"十年生死两茫茫"对我和孙怡这种极端情况来说,是如此不公平:我离开她只不过几天,而在她的生命中,我居然离开了一个世纪,这个天平过于倾斜了。而过去，人类在离别面前，时间是对等的。

我等到能够控制自己悲伤情绪的时候，又抄写了几句诗。

好多年前，我的朋友李维过世后，我抄写过一首诗，寄托我的哀思。现在我又要抄写诗句，送给我的妻子孙怡。

死亡撞击我们的房间

错误的雨中，我们太迟了

待在一起相守，却不得不分开

这些诗句来自英国诗人迪兰·托马斯，叫《婚日纪念日》。我选择了其中的几句，略微修改，以适合我自己的心境。然后，我用毛笔在纸上抄录起来。我一直记得，我和孙怡曾经在研究暗生命的疲惫间隙，就靠着练习书法来平静心情。

之所以选择这首诗，是因为按照地球时间，今天刚好是我和孙怡的第178个结婚纪念日，可实际上，我们一起度过的纪念日屈指可数，这个数字纯粹是宇宙的玩笑。我慢慢写着字，墨汁在白纸上一点点洇开，像是无处安放的心绪。

写完之后，我从口袋里掏出一台小巧的打火装置，在这个高科技时代，这样的明火几乎早已被人遗忘，只有我还对此念念不忘。我点燃了抄写着诗句的纸片，望着那小小的火苗在轻重力环境下微微跳动，想起我变成暗生命时，恒星都在我手中燃烧。

我静静地凝视着这团火焰，这橘色的光芒让我想起了我们曾经一起笑过、哭过、共同成长的每一个瞬间，心中充满了无法言喻的感慨与伤感。

在这火焰的跳动中，我看到了孙怡的笑容，看到了乔一维奔跑的背影，还看到了李维那双充满探求的眼睛。我知道，他们虽然不在了，但他们的存在永远不会被遗忘。

我站在这里，不只是为了缅怀逝去的朋友和亲人，也是在向宇宙、向我自己致敬。我曾经探索过银河系中央的引力深渊，而此刻我要重新找回内心那最初的光焰。

后记：
在宇宙的极限中找到一条新的生命之路

在我识字还不多的时候，便迫不及待地阅读关于宇宙的科普书。因为我那时生活在青藏高原，每天夜晚的璀璨星空让人迷醉。高海拔的地理，低密度的大气，你甚至能看清银河系的细节——那无数星群的聚集。那种美，竟然给予我一种宇宙比地球还美好的错觉。可当我从科普书中知道了黑洞的存在，那种美好坍塌了，我意识到了宇宙那深不可测的凶险。

时光荏苒，我对宇宙的敬畏深埋心底。

2020年，诺贝尔物理学奖颁发。这次的奖金被分成两半，其中一半授予英国科学家罗杰·彭罗斯，他证明了黑洞的形成是对广义相对论的有力论证；另一半授予德国科学家赖因哈德·根策尔和美国科学家安德烈娅·盖兹，奖励他们对银河系中心超大质量黑洞的发现。总而言之，这届物理学奖主要就是颁给黑洞探索与研究的。

很久以前，科学家们就猜测银河系中心有一个超巨型黑洞，整个银河系都在围绕它旋转。如今，这个猜测被证实了，并测算出它的质量是太阳的450万倍。这个可怕的数值完全超越了我的感官理解。但如果没有它，银河系就会解体，到那会儿流浪的就不仅仅是地球，整个太阳系都将处于流浪状态，很大概率会发生"宇宙撞车"，生命将荡然无存。这一刻，我突然意识到，黑洞代表的不仅仅是死亡和消失，它是宇宙中力量的象征，是一种星系秩序的维护。尽管它吞噬万物，但它将从根本上提升人类对宇宙的认知极限。时间、空间、引力等关于存在的根本问题，只有在黑洞那里，才能得到答案。

这种无法释怀的震撼促使我开始思考极端环境与生命之间的关系，逐渐成为我创作本书的种子。

如果说黑洞代表了宇宙天体的极端可能性之一，那么生命的可能性呢？人类的生命只是一种脆弱的版本，也许还有无数形态各异的生命形式隐藏于宇宙的深处。如果有一种极为强大的生命形式，它会如何应对黑洞这种几乎无限的力量呢？

这些问题一直萦绕在我的脑海中。我设想了一种生活在黑洞附近的暗生命，他们化被动为主动，成功利用黑洞的强大力量，拥有了超级生命形态。可就当他们以为自身获得了神一般的自由之际，他们又遭遇到了宇宙规律的挑战。它们面对的，不仅是自然规律的制约，还有更为深远的生命哲学问题：生命的本质是什么？它究竟是脆弱的，还是强韧的？它是否注定只能在有限的尺度中生存，还是能够在宇宙的极限中找到一条新的生命之路？

在这部作品中，我尽力以一种相对"硬核"的方式处理这些问题。这里没有简单的奇幻元素，而是试图通过对科学原理的严谨推演，构建一个既极端又有真实感的世界。生命的极端进化能力和宇宙的多元与无限，才是这个世界波澜壮阔的壮美画卷。

写完这篇小说，我无比深刻地意识到：宇宙的美，不仅仅在于它的辽阔与无尽的星空，更在于它所蕴含的无限可能性。科幻小说的魅力，正是源于它能够让我们跳出常规的思维框架，去探索那些看似遥不可及、难以想象的领域。

但科幻小说终究不是科学研究，它提供的不是可靠的答案，而是一种想象力的可能。因此，追问在继续：生命到底意味着什么？它能在什么样的环境中诞生、演化并延续？宇宙是否在生命的进化形态中呈现出自身的面貌？这些问题没有简单的答案，但正是它们，激励人类不断向未知的宇宙深处探索。

而我，依然是那个仰望星空的孩子。

王威廉